붉은 벽돌

국립중앙도서관 출판예정도서목록(CIP)

붉은 벽돌 : 최해돈 시집 / 지은이: 최해돈. -- 대전 : 지혜
  : 애지, 2016
    p. ;   cm. -- (지혜사랑 ; 149)

ISBN 979-11-5728-191-6 03810 : ₩10000

한국 현대시[韓國現代詩]

811.7-KDC6
895.715-DDC23   CIP2016014775

지혜사랑 149

붉은 벽돌

최해돈

지혜

시인의 말

원고를 정리하는 동안
마음이 편안해지고, 창밖에 비가 왔다

내가, 분명
시와 가까이 있음을 느꼈다

2016년 여름
최해돈

차례

2부

3부

4부

1부

스탠드

처음이고 끝이었다. 스탠드 앞에서 너는, 적막이었다. 네가 있
는 곳엔 언제나 어둠이 모여들었다. 추운 밤이었다

트랙

트랙은 구불구불하다. 연결되고 또 연결된다. 처음이 열리고 끝이 열린다. 허리 잘린 가지가 눈물의 의미를 깨닫고, 트랙은 늘 겨울이다. 사람들은 봄이 되고자 하였으나 봄은 허락하지 않았다. 트랙은 트랙이어서, 여백이다. 독백의 출입구다

그래, 트랙은 스스로 트랙을 잘 알고
트랙은 트랙이 되고 싶은 거지

트랙의 모퉁이는 직사각형. 트랙 안에서 기차는 이별을 연습하고, 사람들의 손과 발은 커진다. 트랙엔 강이 없다. 띄울 배가 없다. 트랙에 너는 없고 네 그림자는 이동한다. 트랙은 트랙이어서 가볍고, 하루의 바닥에 눕고

트랙이 도시의 거리로 이동한다. 트랙의 왼쪽은 늘 비어 있고, 문㎜은 가끔 삐걱거린다

바닥을 위한 브리핑

바닥을 걸으며
바닥으로 스며든 빗물의 문장을 꺼내어 읽는다

오후의 한순간,
바닥 위에
아무것도 보이지 않는다, 어떤 꿈틀거림도 미동도 없다

그 옛날 그림자는,

어느 바닥에서 태어났을 것이다. 바닥의 어느 곡선에서 흙의 이름으로 태어나 흙을 위해 어제를 살았을 것이다

너는 무엇을 위하여 바닥을 걷고 있는가

너는,

깊은 밤, 바닥 위에서 왜 새벽의 강물을 기다리는가

결국엔 바닥 위에서 바닥의 평행선을 그으며 살다가
결국엔 바닥 위에서 바닥의 봄과 겨울을 위해 살다가

바닥을 위해 노래 부르리

사람들은, 바닥을

걷다가
뛰다가
다시 날다가

마침내 다다르는 곳이 바닥이거늘. 바닥은 오늘도 스스로 바닥이 되지 못하고, 사람들은 바닥 위에서 질서와 겸손을 배운다. 바닥 위에서 어제와 오늘을 흘림체로 기록하고, 내일의 풀잎에 낙하하는 먼지의 무게를 해독하고

바닥이 차츰 휘어진다

사람들은 바닥으로 걸어갈 때, 또 다른 울음을 저장한다

낡은 종이에 대한 고찰

언젠가 너를 분명히, 기억할 수 있었다
어디선가, 너의 등을 오른 손톱으로 긁을 수 있었다

도로 위에서
순간의 수평선 위에서

너는 비로소 휘어진 봄이 되었다
너는 마침내 깊은 우물이 되었다

너는 봄 길을 천천히 걸어가고, 세상 낮은 곳에서

돌은 돌이 되고
바퀴는 바퀴가 되고
흔적은 지울 수 없는 또 하나의 흔적이 되고

슬픔이 굴러 동그라미가 되기까지 시간이 오래 걸리지는 않았
다. 내가 다시 태어나는 동안 너는, 푸르게 펄럭였다. 계절의 숲으
로 걸어가고 있었다. 거리가 너로 가득했다

왼발

오른발
왼손
오른손

새로이 연출되며 지워지는 너의 작곡법,

너는
순간의 수평선 위에서
도로 위에서

출렁이고
흩어지고

너를 잃을 때, 나는 사막의 슬픈 낙타가 되었다

無를 위한 독백

좀처럼 하늘의 문은 열리지 않았다
그리고 하늘이 내려왔다
새들은 이분음표로 비행하고
북서풍은 간간이 슬펐다
우리는
남쪽으로 날기 위해 창문을 열었다
그러나, 접힌 채 펴지지 않는 날개
날개는 비에 흠뻑 젖어 흘림체로 읽혔다
네가 없는 곳의 나
내가 없는 곳의 너
우리는, 다만 우리를 위하여 울었다
겨울의 질서 뒤엔 무엇이 흐르는가
만남과 이별의 간격에 폭설은 또 내릴 것인가
하늘의 문은
차가움이 지나간 뒤 열리리라는 꿈을 꾸었다
나는 매일 태어나면서도 왜 어둠에 눕지 못하는가
너는 매일 태어나면서도 왜 강둑을 걷지 못하는가
어쩌면 아무것도 아닌 우리는
고요가 지나간 길을 걸으며 흙이 되고자 하였다
새로움과 낯섦을 위해

경계의 문법이 적힌 곳에
굵은 밑줄을 그었다
침묵 뒤에 오는 단 한 줄의 문장을 쓰지 못한다면
우린 우리가 아님에 동의했다
나는 비움을 위해 유리창을 바라보았다
너는 희망을 위해 밤의 창가에 앉아 새벽을 기다렸다
네가 없는 곳에 너의 그림자가 걸어오는 사이
어둠은 스스로 깊었다
기다림은 하루를 앓으며 사랑을 파먹고 있었다
우리는 정직했고, 겨울의 밖이 차츰 접히고 있었다

붉은 벽돌

너의 내부에 포장된 껍질을 훌훌 벗긴다. 가을의 낭떠러지에 매달린 물방울을 터치한다. 지나온 길과 가 닿을 곳의 경계에 서서 직선과 곡선을 긋는다

이것쯤이야, 하는 불투명한 결핍의 깊이를 터득하는 중이다

길바닥에 깔린 직립의 붉은 벽돌이
거칠고 굵게, 때로는 짤막하게 기록되는 자갈의 뒷모습이

어쩌면 과거형 흘림체로 한밤을 더욱 깊게 건너갈 것이다

비울수록 채워지는
순간, 순간들
채울수록 비워지는
수평의 이면들

오늘도 어김없이 단절된 이빨이 오후를 울고 있다. 나뒹구는 흙먼지의 긴 하루가 벽을 두드린다. 그대 안에 바퀴 달린 손과 발들이 짙은 어둠을 뚫는다

\>

배고픔과 배부름의 틈 사이로 햇살은 걸어오는데

보아라,
허리를 굽힐수록 대리석처럼 단단해지는 뼈, 뼈들

간이역으로 가는 지친 기차의 바퀴들이
아프지 않기를 기도한다
흐르는 물의 손가락들이 바위에 긁히지 않기를 빌며
너의 등을 본다

지금 이 순간의 빛도 분명 어제의 붉은 벽돌이겠지

쿵쾅거리는 발자국들의 소란은 늘 배고팠으니,

파란 만년필

그녀는 이유 없이 울고 싶은 것이다. 그녀는 울고 있는 것이다. 그녀는 나뭇가지에 매달리고 있는 것이다. 그녀는 여름이 지나간다고 땅을 콕콕 찍고 있는 것이다. 그녀는 네모와 동그라미 속으로 몸을 낮춰 들어가고 싶은 것이다. 일상을 끌고 가다가 어느 순간 무언가에 확, 빼앗길 때 나는 나를 잃어버린다. 나를 잃어버릴 때, 나는 더 젊어지는 것이다. 나는 당신의 삶이 내게 연결될 때 행복하다. 나는 당신의 삶이 숨바꼭질할 때 행복하다. 오늘은 수요일 수요일 수요일. 당신의 수요일이고 나의 수요일이고 창밖의 수요일이다. 어두운 유리창 너머에 바람은 불고 있다. 바람은 배가 고프고 세상의 조각으로 반죽한 빵을 기다린다. 나는 사람들이 남긴 발자국을 밟으며 저녁으로 간다. 저녁으로 가는 등 위에 별들이 내려와 앉는다. 밥은 먹었니? 별이 나에게 묻고 나는 침묵으로 대답했다. 그녀는 오늘 앙앙 울고 있다, 울면서 깊어가고 있다. 때아닌 소낙비가 밤을 사정없이 때린다

춥지 않은 밤

아직은
미완성의 발가락들이

터널을 뚫으며 지나가는 기차의 눈동자처럼

사람들이 모두 떠난 후, 막 태어나지 않은 고요의 혀처럼

지웠다가 쓴 글씨 위에 살며시 내려앉는 초겨울의 침묵처럼

출렁거린다
하루를 앓는다

그러니까, 미완성의 발가락들이 해야 할 건
모든 이들이 잠을 자는 사이에도

허공을 갉아먹는 바람의 손톱을 짧게 깎아야 할 것

조금씩 쌓이는 하루의 무게를 가볍게 날려버릴 것

꺼져가는 등불을 다시 환하게 할 것

>

　오늘 밤도 말없이 흐르는 것은 있다. 흐르는 것이 흘러가면서 낳을 수 있는 것을 낳는다. 밤은 짧지 않다. 밤은 길지 않다. 평생이 걸려도 미완성의 발가락들은 잠을 자고 싶다. 발가락들은 슬프다. 발가락들은 아프다

　아직은, 어두운 밤
　하얀 밤

　미완성의 발가락들, 그들의 밤은 춥지 않을 것이다

겨울의 체적

사각형 안에 있었다
늘 제자리였다

느낌이 있는 대로 색깔이 있는 대로 차분한 겨울은
먼지가 날아도 나뭇가지가 휘어져도 혼자의 겨울은

사람을 기다렸다
밑변이 있고 넓이가 있고 높이가 있었다

겨울은 늘 겨울이어서

검정은 어둠 속으로 자꾸만 빨려 들어갔다. 빨강은 빨강이라서
운동장으로 계속 걸어갔다. 걸어가면서 겨울은

둥글둥글한 돌멩이를 생각하고
트랙을 생각하고
철봉을 생각하고
덩치 큰 플라타너스를 생각하고
이쪽에서 저쪽으로 날아가는 폐지를 생각하고

>
구겨진 달력을 생각하고
창가에 윙윙거리는 바람의 아픔을 생각하고
당신이 지나간 굽은 길을 생각하고
길 건너 건물에 매달린 간판을 생각하고

세상에 잠든 울음들이 하얗게 깨어날 때, 눈앞에 펼쳐진 건 겨울의 부피였다

여름을 건너간 슬픔

보도블록이 깔린 플라타너스 길을 걸으면,

매미의 울음소리가 쩍쩍 갈라진 여름을 엮는다. 젊은 날 죽은 베르트르가 떠오르고, 김수영 시인이 자박자박 지나간다. 콕, 콕 찍어 먹는 팥빙수가 생각나고, 푸르게 푸르게 빛나던 어린아이의 눈동자가 수채화로 태어난다

보도블록의 존재가 재확인되는 늘어진 오후의 플라타너스 길을 걸으면,

여름인데도 흰 눈이 내리고, 붉은 우체통에 반송되는 당신의 부재가 그리움의 씨앗으로 흩어지고, 조금씩 낡아지는 당신의 페이지가 검은 건반이 있는 피아노에 걸어간다

어느 해부터인가, 플라타너스 길엔 가을이 오지 않았고, 초겨울의 작은 문턱으로 가는 새떼의 줄을 마른 풀이 물끄러미 바라보고 있었다. 오늘도 편서풍 부는 플라타너스 길가엔 틈과 틈 사이를 횡단하는 당신의 목소리가 중저음으로 전송될 뿐

길바닥에 나뒹구는 먼지와 오가는 사람들의 접힌 슬픔이 휘이 휘이 여름을 건너갔다

내일은 파란 밑줄

여기, 아득함의 뿌리가 계속 자라는 불빛처럼
여기, 둥근 밤을 후벼 파는 손톱이 긴 바람처럼

단 하나의 짧은 하루가
어김없이

연결된다
지나간다
풍경 속으로 사라진다

너와 나는
목이 긴 강으로부터 멀리도 걸어왔다
나와 너는
별의 측면을 보며 밝음의 진가眞價를 깨달았다

　기상대에선 내일 약간의 비를 예보했으나 나는 맑기를 기대한
다. 햇빛이 쨍하는 날의 수확을 기다린다. 흐르는 시간을 다 붙잡
을 순 없지만, 숫자를 헤아리며 한 번쯤 나의 미래를 예측해 볼 셈
이다

>

　침묵하는 돌에 눈이 있다는 건 희망이 살아 있다는 사실. 그 사실은 희망의 눈이 차가운 밤을 견딘다는 의미,

　내일의 맑음을 기대하는 건 생각이 배부르다는 일. 꿈속에 박혀 있는 주름을 보는 일. 주름을 의미를 해독하는 일. 주름의 표정이 다소 붉어지는 일

　내일로 가는 수평선에

　하루가 출렁출렁
　하루의 굽은 등을 긁어주어야겠다

비틀거리는 은유들

보도블록을 밟았다. 모든 것이 허락되는 순간의 일이었다. 보도블록도 아픔이 없으면 보도블록이 아니겠지. 보도블록이 어둠의 무게를 쓸쓸히 견디고 있다

여름의 창가에 찬비가 내린다. 비는 7일간 내리겠지. 빗속에서 천 년의 북소리가 쿵쾅거린다. 플래카드가 있는 건널목. 차의 바퀴가 자전한다. 행인의 걸음이 빨라진다. 단절된 문장이 지나가는 숨 가쁜 시간들

나는 오늘 그대와의 경계에서, 빛의 안부가 궁금했다

월요일 혹은 월요일

쿵쿵거린다

깊이를 알 수 없는 당신의 바다에 배가 가라앉는다

지나간 사람의 발자국을 한참 생각하다가 노트에 밑줄을 그어
본다

슈퍼 옆 보도블록 위에

눈이 내린다, 눈이 내린다, 계속

눈이 천천히 녹으며 사람들의 어깨에 하루가 팽팽하게 걸려있다

바람에 흩날리던 먼지들이 각자 집으로 간다

사람들은 지나간다

빠르게 지나간다

이쪽에서 저쪽으로 가는 월요일의 풀들이 흔들리며 젖는다

>

수시로 열리고 닫히는

짧은 생각들

가쁜 호흡들

월요일이 월요일을 낳는다

월요일이 월요일 속에 묻힌다

오늘의 강에 새겨진 글씨는 월요일 혹은 월요일

뛴다

살아있는 모든 날개가 힘차게 펄럭거린다

숨은 차다

아시는가, 꿈틀거리는 것의 용기를, 아픔을, 철저함을

나는 분명 월요일의 작은 방에 위치한다

2부

소묘

　문구점 아주 구석진 곳의 빈 상자. 한 묶음의 고요는 상자 안이 궁금한 것이다. 아니다. 고요는 상자 밖이 궁금한 것이다. 나는 가끔 상자의 얼굴을 본 후, 돌담길을 따라 집으로 간다. 세상이 정지한 것처럼 숨 막히는 날, 오래도록 사람들을 기다리며 하루를 앓는 저, 빈 상자

모빌

나뭇잎이 파릇파릇하다
파릇파릇하여 팡, 터질 것 같다
터져서 세상 밖으로 튕겨 나갈 모양이다

한 묶음의 고요가, 쉼 없이

출렁인다
출렁인다

터미널을 떠나간 사람들의 흩어진 언어가
희망을 입에 물고 돌아오는 새떼들의 중저음이

출렁인다, 출렁인다. 다, 출렁인다

어제의 발자국들이 바다로 가며 출렁인다. 불면의 입술이 왼쪽
으로 오른쪽으로 출렁인다. 잘 정돈된 페이지가 출렁인다. 너를
기다리던 둥근 일요일이 연속음으로 자꾸만 출렁인다. 아스팔트
에 휙, 날아가는 종이 한 장이 우체통이 보이는 방향으로 출렁인
다. 내면에 꿈틀거리던 뼈와 살들이 밤의 긴 문장들을 읽으며 출
렁인다

>

오후의 붉은 표정은 넉넉한 너의 발가락
저녁으로 걸어가는 휘어진 어깨는 완성된 너의 계절

너는 순간의 평행을 위해 늘 분주하고
나는 순간의 질서를 위해 벽을 바라본다
너와 내가 팽팽하게 당기고 있는 밧줄 위에 삶의 잔물결이

출렁인다
출렁인다

늙은 플라타너스 이파리가 봄을 견디며 출렁인다
건널목을 건너는 행인들의 발걸음이 새벽의 이름으로 출렁인다
유리창 너머, 허공을 물들이는 무늬들이 출렁출렁, 출렁인다

겨울이 곧 올 것 같다

미래의 집

그래, 바다가 보이는 언덕으로 가고 있는 거야
그래, 겨울의 이름이 여러 번 바뀌기도 하였지

결국은 바다를 보면서 나를 보았어
바다는 풍차를 계속 만들고 있었어

때로는 낡은 라디오의 파열음처럼
때로는 눈 오는 날의 긴 파장처럼

그늘에서, 혹은
어두운 곳에서도

모래 속에서 잠자는 자아를 완성하기 위해 계속 몸부림치고 있
었던 거지. 어제보다 나은 오늘, 오늘보다 나은 미래의 집을 완성
하기 위해 수많은 벽돌을 옮기고, 옮기고, 또 옮기고 있었던 거지.
슬픔 뒤에는 반드시 기쁨이 오고, 어둠 뒤에는 들길이 꼭 열린다
는 사실을 누구보다 잘 알면서도

쉼 없이 언덕으로 걷고 있는 거야
쉼 없이 내 안의 엔진에 연료를 채우고 있는 거야

>

그런데 말이지, 언덕은 어디에 있지?

달콤한 우리의 일상은 별처럼 소리 없이 지나가고
우리가 만든 추억은 먼지처럼 부서지며 세상을 하얗게 적시는데

순간순간 스쳐 간 언어가 사랑의 이름으로 흩어지네
누군가에게 건넨 손수건이 흑백영화처럼 지나가네

그래, 시간이 흐르고 또 흐르면
멀리 떠난 새떼가 풀잎 같은 소식을 입에 물고 마침내 돌아올
거고
나무들도 나이가 차츰 들어 나무껍질이 모두 벗겨진다 하여도
길바닥에 새겨진 글자들이 그리운 섬으로 모두 떠난다 하여도

그래, 바다가 보이는 언덕으로 지금, 가고 있는 거야
그래, 겨울의 이름이 또 한 번 찬란히 바뀔 거야
그래, 거기에 그가 살고 있기 때문이지

새떼처럼 퍼드덕거리며 살아 있는 저 손들이

\>

지나가고

잊히고

다시 오고

다시 멀어져 가고

잘 정렬된 벽돌들을 뜨거운 사랑이라 부르기엔 이미 충분하였
다

비

비가 내린다. 세상이 비에 과거형으로 젖는다. 풀잎이 젖고 흙이 젖고 보도블록과 보도블록 사이가 젖고 물웅덩이가 젖고 가로등이 젖고 휴지통이 젖고 돌멩이가 젖고 나무와 나무 사이에 매달린 플래카드가 젖고 뿔 달린 우산이 젖고 먼지를 삼킨 운동화가 젖는다. 젖는다는 것만큼 자연스러운 게 또 있을까. 젖는다는 것만큼 천천히 깊어가는 것이 또 있을까. 비가 내린다. 주룩주룩 내린다. 비는 어제가 남긴 언덕을 적시고 내 안에 지워지지 않을 슬픔과 기쁨을 적시고 새가 발가락으로 그은 평행선을 적시고 내일로 가는 굽은 길에 깔린 적막을 적시고. 비가 내린다. 오랜 시간 동안 울타리를 벗어나려 안간힘을 쓴다. 세상의 모든 관성이 중심으로 한꺼번에 쏠린다. 비가 내린다. 도대체 그칠 줄을 모른다. 비가 내린다는 건 기다림의 매듭이 서서히 풀린다는 사실. 수직과 수평이 교차하여 타악기가 되어가는 과정. 비가 내린다. 숭고한 행위를 발견하는 하루가 물방울처럼 톡, 톡 튄다. 저 무대책의, 무수한 울음 앞에 너의 그림자는 없다

분리된 거리

블루베리가 사는 집을 생각하던 나는
천천히
우체통처럼 붉어지고 있었다

붉어지면서

투명한 컵이 되었다가, 지우개가 되었다가, 의자가 되었다가,
검은 가방이 되었고

너는
플러그가 되었다가, 담벼락이 되었다가, 밭둑이 되었다가, 마
침내 텅 빈 도서관이 되었다

무의식이 여백의 늪에 푹 빠졌을 때

나는 네가 되고 너는 내가 되어 우리는 하나가 되는 듯하였으
나, 큰 방을 나와서야 마침내 거리의 개념을 알게 되었다

떨리는 것들이 소나기처럼 막 지나갈 무렵,

\>

너는 저기에 있었고, 나는 여기에 있었다

저기와 여기의 거리,

분리된 간격이 우리를 팽팽하게 당기고 있었다

한 뼘의 오후였다

너와 나는
떨어져 있어도 하나가 되고자 저녁으로 가는 들길이 되곤 했다

너의 휘둥그레 뜬 눈동자엔 어느새 겨울의 쓸쓸함이 오래도록
박혀 있었다

여름날의 묵화

적막이 낳은 알갱이들이 우수수 흩날리는, 너와 나의 로터리에 하루 종일 추적추적,

비가 내린다

비는 내리면서 마르티니의 명곡, 사랑의 기쁨을 데리고 온다

텅 빈, 살아있는 사람들의 힘찬 발걸음 소리가 자르르 들려오는, 어제를 기억하며 내일로 걸어가는 발톱들이 꿈을 꾸는, 기쁨과 슬픔과 만남과 헤어짐이 교차하는 로터리에 종일토록 비는 내리는데,

아무도 없는 로터리를 그 무엇으로 채울 수 있을까

여름의 방에 남겨진 덜컹거리는 서랍
당신이 남기고 간 희끗희끗한 흔적
바람이 남기고 간 좁은 골목의 폐지

마른 풀이, 남김의 미학을 생각하며 그의 아픈 페이지를 한 장 한 장 넘기고

>
고요가
시간의 뼈와 살을 갉아 먹으며 길바닥에 눕는
저녁으로 걸어가는 발들이 닫힌 문을 톡톡, 두드리는

세상을 떠돌다가 마침내 돌아와야 할 곳
가난한 사람들이 서로 기대며 사는 쉼터 같은 곳

추적추적 비 내리는 로터리에,

삶의 경계가 지워진다
生의 유통기한이 차츰 다가오고 있다

하루의 형식

여긴, 그야말로 먼지 흩날리는 사막

시간의 페이지는 노트에 점으로 기록되었고, 그들이 밟고 간 길 위에 풀들은 잘 자랐다

새벽에서 늦은 밤으로 가면서 수평으로 살며 타원형이 되어가는 사람들. 어둠이 삐걱 열리자 별들이 우수수 쏟아졌다

아득함의 발원지는 천 년 전 그 어디쯤

새는 천 년의 폭과 넓이를 다 쪼아 먹었고
그리움이 깔린 흙에 주름이 조금씩 생기기 시작했다

흔들림의 중심이 몹시 가려울 때, 헝클어진 하루가 부스스 일어나곤 했다

연필의 영역

이 연필의 물리적 힘으로, 늦겨울 머물다 간 그녀는 우주를 들었다, 우주를 놓았다 했다. 이 연필 하나로, 등이 굽은 김 노인은 1분 동안 운동장을 10바퀴 회전했다

가끔 내 생각의 뿌리도 차츰 자라, 강물에 풍덩, 빠지기도 하고 밭둑에 툭, 버려지기도 하였다. 그해 여름, 연필의 옆구리에서 풀들은 태어나고 빗물을 마시며 잘 자랐다. 그해 겨울, 연필의 안쪽에서 벽난로처럼 뜨거운 사랑의 부스러기가 흩날리고 있었다

연필은 당신의 1급 형용사. 연필로 인해 당신의 불타는 집은 완성되었다. 연필로 인해 당신은 3인칭 주격조사로 변신했다. 당신은 연필과 헤어져 나뒹굴다가 날이 어두워지면 연필 근처로 돌아오곤 했다. 나는 당신의 그림자를 따라 다니다가 여름을 만났다. 봄을 만나고 가을을 만나고 겨울을 만났다

책 위에 길게 누운 연필……그는 끝끝내 흙이 되지 못하고 내일과 어제를 경험한 그늘이 되었다

하이웨이

우리는 서로를 연결하며, 서로에게 다가올 지점을 예견하면서

된장 속에 들어있는 사랑의 온도를 측정하다가

137페이지 붉은 문장의 무게를 삶에 얹다가

한 그릇 밥의 물리적 총량을 한참 생각하다가

어두운 밤이 지나간 후 다가올 새벽 강의 깊이를 헤아리다가

살갗이 푸른 추억의 가로와 세로와 면적을 계산하다가

들판이 소유한 보편적 진실을 종이 위에 연필로 긁적이다가

지나간 계절 뒤에 남는 아쉬움의 진원지를 추적하다가

슬픔과 기쁨, 기다림과 설렘의 뿌리와 줄기와 가지를 생각하다가

홀로 자라는 한 그루 나무의 성장 속도를 기억하다가

>

멘델스존의 감각적 선율이 내 삶의 울타리를 배회하다가

사랑하는 사람들을 위해 드리는 기도의 질량을 생각하다가

당신에게,
있음과 없음 사이에 투영하는 빛의 주소를 전해주다가

다,

다,

고속도로에서였다

직설적인, 다소 직설적인

무게 있는 것들이 지하철 속도처럼 지나갔다

무게 있는 것들이
모두가 인정하는 0그램이 되기 위해선

겨울을 떠난 기차가 다시 빈손으로 돌아와야 했다
이쪽과 저쪽의 간격에 그어진 경계선이 지워지는 동안
시간은 더 허물어지거나
미완의 집이 대리석처럼 단단해져야 했다
행인들 사이에 건너간 자음과 모음이
자작나무처럼 나이를 더 먹어야 했다

너의 하루는
나의 어제보다 짧았고
네가 지나간 페이지에 찍힌 검은 발자국은
선명했다

사람들도 때로는 0그램이 되기 위해서

뜨거움과 차가움 사이에서 자전을 반복하고

무너진 울타리를 보수하고 오른쪽의 의미를 강물에 던지고
이미 알고 있는 것들을 연결하여 사각의 방에 저장하고

오늘을 지나간 지워지지 않은 직선과 곡선들

수평으로 눕고 겹겹이 쌓이는 평행선들
정지된 까닭으로 때로 울컥한 순간, 순간들

너로 인해 나는
고드름처럼
서서히 완성되고

내가 있는 이곳에서 네가 보이지 않을 때까지의 거리가
너와 나의 정확한 거리다

밤의 허리가 휘어지고 있다

있다

    방 한구석, 사내가 눈을 불규칙적으로 깜박이고 있다. 눈이 깜박일 때마다 밤의 짧은 문장들이 공회전한다. 겨울을 보낸 새들은 다 어디로 갔을까. 봄의 얼굴은 찬물로 얼마나 씻어야 보일까. 생각이, 생각의 씨앗을 키우고 있다. 씨앗이 성장하는 동안, 세상의 그림자는 연속무늬로 재생되고, 생각의 변두리에 푸른 계절이 펄럭거린다. 생각이 밀고 당기기를 반복한다. 사내의 눈이 깜박일 때마다 열림과 닫힘의 선명한 경계가 생겼다 지워진다. 생각이 있는 곳엔 언제나 너의 굽은 어깨가 있다

얼굴들

여기에 오기까지 당신의 손과 발은 무척, 닳았어요. 수고했어요. 당신이 건축한 집은 오래되었네요. 거친 숲을 지나, 긴 강을 지나, 바다를 건너고, 산을 넘어오는 동안, 당신의 체취가 저장된 계절의 질량이 전화선으로 전송되어 여기까지 왔네요

오늘은 문득 당신의 눈을 봅니다. 당신의 볼을, 이마를, 짙은 눈썹, 입술을 봅니다. 그런데 말이죠. 난 당신의 입술을 볼 때 선명한 당신의 동선動線, 시간의 뒤편에 서 있는 사랑의 경계선을 보았지요

애쓰셨어요. 여기까지 오는 동안. 이제는 좀 푹 쉬셔요. 당신이 잠든 자리 옆, 트랜지스터라디오에서 나오는 낡은 중저음이 눈이 팡팡 내리는 겨울의 거리로 외출하네요. 유명화가도 그리지 못한 당신의 여백이 나뭇가지에 걸려 있네요

오늘 나의 몸은 무거워집니다. 나의 몸은 가벼워집니다. 당신의 뼈와 살이 내 어깨에 닿고, 저녁으로 가는 오후의 허리가 조금씩 펴집니다. 침묵에서 침묵으로 전달되는 언어의 조각들이 튕겨 풍금 소리가 나고요

\>

　나는 오늘, 처음으로 마음의 유리창을 닦습니다. 먼지를 제거하고 끝끝내 당신의 얼굴을 봅니다. 접힌 주름에서 수평을 경험합니다. 당신의 얼굴 옆에 흩어진 자음과 모음들, 검은 연필 자국 같은 추억들이 방안을 채우네요

반송된 계절

종소리가 멀리, 잘게 부서진다. 종소리의 넓이와 깊이가 낙타
의 걸음 같은 밤이다

어쩌면 우린, 밤의 터널을 지나가는 울고 있는 기차가 아닐까

틈과 틈 사이
벽과 벽 사이

알 수 없는 파열음이 먼 곳까지 날아가다가, 한 마리 새가 되어
날아오는 꽤 깊은, 밤이다

이런 밤에

당신의 집은 조금 흔들린다
나의 책상과 의자도 조금 흔들린다

수없이 반송된 계절이 어둠을 타며 흐르는 동안

어쩌랴,

\> 당신은 잃어버린 종소리를 들으려 새벽으로 달려가고
　나는 그 종소리의 아들이 되고자 낡은 페이지를 자꾸만 넘기고

　다시 겨울이 오려면
　밤의 뼈와 살이
　얼마나 더 닳고 뜨거워야 하는가
　주전자 속의 맹물이 뜨겁다고 아우성이다. 그토록 기다리던 흰
눈 내려오는 겨울이 막 오려는 지

　종소린 어둠에 묻혀 더욱 깊어갔다

　밤의 질문들은 아파진 지 오래되었다

　새들은 거꾸로 나이를 먹어 갔다

3부

프로필

장대비 퍼붓는 날

혼자의 건널목이 저녁으로 차츰 빨려가는, 아스팔트 위에 생겼다 사라지는 작은 동심원을 보았을 때, 탁! 생각나는 사람

너, 였다

낙하落下

깊은 밤, 수도꼭지에서 떨어지는 물은 투명한 얼굴이다

물,

아마도 그는 꽤 오랜 시간, 침묵을 잊지 못할 거다

이 지점까지 오는 동안
수많은 수평을 경험했을 거다

낙하, 그건
뿌리가 있는 것들의 교집합, 그 뒤에 오는 휑한 조합들

존재하는 것들이 추락하고
존재하지 않는 것들이 다시 추락하고

흔들리는 흙이
하루를 이어가고

서툰 자의 언어는
앞을 다투어 달려갔다

>
긴 밤,

떨어지는 물의 끝은 어디인가
떨어지는 물의 처음은 어디인가

물은 떨어지면서 네 얼굴이 되었다

그릇도 물이 되려면 새벽의 눈동자를 보아야 하겠지

물이 떨어지면서 잘게 부서진다. 물이 물을 만나기 위해선 약간
의 간격이 필요할 것. 그 간격에 짧은 줄이 있을 것. 먼지가 햇살
을 갉아 먹을 것

깊이를 알 수 없는 밤,

떨어지는 저 물은 분명 2분음표다
꼭짓점을 잃어버린 슬픔의 뼈대다

전송되는 아스팔트

비의 조각들이 어둠을 앓는다

무엇이 이보다 더 평화로울 수 있을까

빈손이어서, 더 깊은 아스팔트에

비는 내리고
비는 내리고

혼자만의 새로움이
매일 매일 전송되는 아스팔트에

생사의 그 숭고한 틈에 굵은 밑줄이 그어지고

오가는 사람들의 발자국이 슬픔의 각도로 교차하고

어떤 기다림이 들녘의 안부를 묻듯 저녁의 표정이 붉어지고

처음과 끝, 혹은 중간 지점에서 하루의 무게가 계량되고

\>

오묘하여라
내게 묻은 먼지를 툭툭, 터는 아스팔트여

아스팔트는 아스팔트이어서 좋다
아스팔트는 아스팔트이어서

너와 나의 간격이 자꾸만 월요일의 안단테로 저장되고
아스팔트는 아스팔트이어서

순간이 쓸쓸한 아스팔트는 더는 쓸쓸하지 않을 것이다. 비어
서, 다만 비어서, 누군가 남겨 놓은 여백이 될 것이다. 아스팔트는
아스팔트이어서, 나는 이제 아득함으로 가는 아스팔트의 손을 놓
지 않을 것인데

아스팔트야
아스팔트야

바람의 건축법

오후 4시의 편서풍은 무표정의 B,

B의 하루가 복사된다
B의 사막에 풀들이 자란다

몽당연필처럼 다소 짤막한 B,
B의 허리에 빛이 몰려오느라 아우성이다

B의 가장 숭고한 행위는, 바다의 흰 이를 오래도록 기억하는 것
B는 최후의 승자가 아닐까

어느 지점에서,

평행선은 없어지고 B만 남는다

고요는 늘 어두운 밤을 2분음표로 삼키고

새벽이 서서히 열리고, B는 떨고 있다

B의 하루가 열리고

B의 울음이 거리를 가득 채운다

새로움을 위해 가끔 온도와 중력을 버릴 줄 아는 B,

B가 붉은 벽돌을 축적한다
벽돌은 미완을 탈출하는 비밀통로다

슬픔의 음역

생각할 수 있는 것들의 무늬가 점점, 작아진다

슬픔이 내게 수평으로 오고 있다
슬픔이 수평으로 오면서 숨을 고르고 있다

너와 나 사이
하나의 간격이 생길 때, 그는 빠르게 파고들고

슬픔이
그늘에 사는 젖은 풀처럼
한 해 한 해 나이를 먹으면서 희끗희끗한 머리카락처럼
유리 컵 속, 미동微動을 허락하지 않는 저 맑은 물처럼

살아간다
젖는다

슬픔이 맴돈다. 슬픔이 머문다. 슬픔이 부서진다. 슬픔이 흩날
린다. 슬픔이 깊어진다. 슬픔이 잠잔다. 슬픔이 손가락 같다. 슬
픔이 보도블록 같다. 슬픔이 몽당연필 같다. 슬픔이 빨간 지붕 같
다. 슬픔이 검은 가방 같다. 슬픔이 갈색 의자 같다

>
슬픔의 긴 다리를 건너면 저편에 기쁨이 웅크리고 있을까

슬픔이 외롭지 않은 아기별에게 간다. 하루 종일. 슬픔에서 기쁨으로 가는 길은 멀지 않다. 가시덤불이다. 가는 동안, 숨을 헐떡거린다. 잘 제어되지 않는 제 손등을 한 번 보고는 심호흡을 한다. 몸이 탱탱한 늦가을과 동행하는 은행나무 잎처럼, 슬픔 한 장이

허공을 핥으며 간다. 겨울이 온다. 칼칼하다

저녁의 음계는 왼쪽으로 퍼진다

당신의 화법은 본래 어둠과 같은 것이어서
무언가에 깊게 빨려 들어가는 것인지도 모른다

얼굴 없는 침묵도 빠르게 빨려 들어간다
시간 속으로, 물결 속으로, 존재의 방 속으로

당신은 울타리 안에서 울타리 밖으로 나가려 한다
당신은 직선 위에서 곡선을 그으려 한다

불멸의 이곳에서 나는
길바닥에 새겨진 당신의 검은 그림자를 본다

말이 없다
서서히 움직인다
뼛속에서 빛이 흩어진다

사랑이란 이름의 대명사는 언제나 동그랗게 말리는 법

먼지는

>
슬픔을 낳고 다시 슬픔을 잉태하는 순리를 이미 알고 있다는 듯
날개를 펴고 고개를 쭉 내민다

저녁의 음계는 왼쪽으로 퍼지고

저것 봐라,
등이 굽은 저녁의 표정은 좀 행복하였다
쓸쓸하지 않아서 세상의 모서리는 조금씩 닳고 있었다

습작

　그때 나는, 메모지에 적힌 연필의 흔적과 함께 차츰 사라지고 있었다

　그때 나는, 낡은 책갈피 속에서 겨울의 푸른 얼굴이 되어 어디론가 배회하고 있었다

　책상과 한 뼘 거리에 있는 유리창은 깊어가는 밤의 속도만큼 울며 덜컹거리고, 평화로운 땅 낮은 곳에서 풀들의 자라는 소리는 계절의 내부에 사정없이 파고들고, 밤의 무게를 끌고 가는 하루의 끄트머리는 점점 닳고, 흙과 해와 달과 별들의 발아래 그대의 흰 어깨는 자꾸만 작아지고, 어두운 밤은 어두운 밤을 위하여 새롭게 갈라지고, 새벽은 가까워지는 데 슬픔을 건너는 사람들, 먼지로 살다가 흩어지고

그때, 골목길은 계절을 쓸고 있었다

늦여름에서 초가을로 가는 바람의 횅한 언어가,

어제와 내일의 가운데서 미완의 벽을 쌓는 어깨가,

시간의 퍼즐을 하나하나 맞추는 당신의 서툰 문법이,

저무는 저녁을 번역하며 낱말과 낱말을 연결하는 문장이,

수평과 수직, 곡선과 직선의 간격을 조율하는 평행선이,

때로는 빠르게
혹은, 천천히
아주 천천히

지나간다

휘어져가는 것들이 지나간다
마른 풀들이 지나간다

그때 나는 골목길을 걷고 있었고

골목길은, 멀어져가는 계절의 끝을 삭삭 쓸고 있었다

식式

거실 바닥에 개미 한 마리가 걸어간다. 왼발, 오른발, 다시 오른발, 자기만의 조절 가능한 걸음이 있다

오후의 어느 한 지점, 햇살이 걸어온다. 오른쪽으로, 왼쪽으로, 다시 왼쪽으로, 자기만의 불규칙한 리듬이 있다

건널목에 시간의 흔적들이 잠시 정지했다가 사라진다. 내일로, 어제로, 다시 오늘 속으로, 자기만의 사라지는 속력이 있다

겨울새가 봄의 경계선을 넘어간다. 길고 짧게, 짧고 길게, 자기만의 여유로운 비행능력이 있다

텅 빈 길가에 빗방울이 기울어지며 낙하한다. 찌그러진 깡통 위로, 납작한 돌 위로, 보도블록과 보도블록의 틈으로, 자기만의 뼈를 깎는 각도가 있다

그는 수요일에 슈베르트를 듣고 난 후, 합주곡을 듣는다. 빠른 음과 느린 음, 중간 음을 선별해서 듣는 자기만의 음감이 있다

오! 저 새는 울고 울고 또 울고

>
어둠은 저녁의 등을 넘어 왼쪽으로 자꾸만 휘어지고

당신의 언어는 역사가 되어 자꾸만 기록되고

정지된 것들은 새롭게 수리되고 창문은 자꾸만 넓어지고

나는
느리게 걸어가는 노인의 뒷모습을 본다. 그의 어깨에 내려앉는
겨울의 질량을

나만의 반 흘림체 문장으로
기록하고, 기록하고, 기록하고

최초의 물 컵

한밤중, 정수기 앞
덩그러니 앉아 있는

물 컵 하나

어디로 가는 고행의 그림자인가
혹은
살아온 생이 부끄러워 저음으로 우는
3월의 미동인가

어둠은 어둠을 만들며 틈으로 사라지고
살아있는 것들은 더 남은 삶을 위해 밤의 면적을 계산하고

너는 지금까지 네가 아니었다

나의 어제는 어제가 아니었다

한밤중, 정수기 앞, 덩그러니 앉아 있는 물 컵은 물 컵이 아니었
다. 그는 그가 아니었다. 그는 물이었다. 그는 컵이었다. 그는 물
과 컵이 아니었다. 깊은 밤에 끓는, 한 장의 흰 종이 같은, 늘 보고

도 보지 못한

   나는 물 컵을 바라보았으나, 물 컵을 보지 못했다
   나는 물 컵을 알고 있었으나, 물 컵을 알지 못했다

   나는 한밤중, 정수기 앞 덩그러니 앉아 있는 물 컵을 보지 못했다. 그는 내가 아는 한 내가 알지 못하는 최초의 물 컵이었을 뿐, 그는 단지 그였을 뿐,

   어둠이여!
   내 주위에서 나를 휘감는 어둠이여!

   물 컵이 사라지고 방은 다시 충분히 어두웠다
   밖엔
   눈이 막 쌓이고 있었다

   몸이 마른 최초의 단어 하나가 둥둥, 떠다니고 있었다

약국의 파생어들

단 하나의 역광과 너의 시선으로 증명되는 약국,
그가 있는 곳에

젊은 발자국들이 포도처럼 알차게 영글어간다. 노인의 등이 쫙
펴진다. 시간의 바깥이 귀가하는 중이다. 기다림의 안쪽이 궤도
밖으로 튕겨 나간다. 하루의 주름이 긍정의 저녁으로 걸어간다.
행렬의 의미가 전달된다

오늘의 약국은 어제가 아니었다
오늘의 약국은 나무가 아니었다

숲이었다. 나뭇구는 낙엽이었다. 사랑을 먹는 폐선이었다. 낙
타의 굽은 등이었다. 겨울날 내리는 눈 속의 눈이었다. 새털구름
이었다. 낡은 우산이었다. 지우개로 지우면 지워지는 흔적이었
다. 검은 플러그였다. 우물이었다. 문자로 기록되는 긴 장마였다.
너와 나의 커다란 교집합이었다

약국 건물의 모서리가 미풍에 닿는 리듬, 리듬들
약국 문이 여닫힐 때 기억 속으로 사라지는 자음과 모음들

>
　어제의 약국은 내일이 아니었다
　어제의 약국은 빗물이 아니었다

　약국은 따스한 손, 약국은 그와의 약속, 약국은 우리라는 대명
사, 약국은 직사각형 거울, 약국은 스크린, 약국은 과거형 소나
기, 약국은 꼬리가 긴 주어, 약국은 허리가 짧은 동사, 약국은 주
어와 동사로 연결되는 붉은 문장, 약국은 너의 힘, 너의 짤막한 밀
어, 약국은 너의 손가락, 약국은 너의 4B연필, 약국은 너의 명제,
약국은 너의 언어, 약국은 너의 수사, 약국은 너의 결핍,

　콘크리트 속 약국은 약국이 아니었다
　둥지였다. 너라는 은유, 너라는 문법이었다

　나는 오늘도 퇴근길에
　틀림없이
　약국을 지나간다

　약국 문은 가랑비 내리는 날 겨울의 끝처럼, 슬펐다

단어

그에게 문이 하나 있다. 덜거덕거리는 직사각형의 그 작은 문이

열린다
닫힌다
삐걱거린다

나는 어김없이 문을 열고 싶다. 문 안에 있는 상자를 보고 싶다. 그 상자를 열고 싶다

문 주위엔 계절의 순응을 무시하고 흰 눈이 펑펑 내린다. 그 눈이 내리다 녹고 내리다 녹고. 눈은 녹으면서 풀이 된다. 돌이 된다. 한 마리 낙타가 된다. 나는 낙타를 탈 때 가장 빛나는 별을 볼 수 있다

어둠이 깔린다. 긴 어둠이 다시 짧아진다. 어둠이 어둠 속으로 돌진하고 어둠의 꼬리는 사정없이 닳는다. 어둠이 차오르는 밤엔 적막이 전속력으로 소비된다

휘어진다는 것, 휘어졌다는 것, 휘어지리라는 예측, 휘어지리라는 믿음, 문은 미래진행형에서 과거완료형으로 가는 길을 볼

수 있는 간이역, 문 안에서 모퉁이가 결핍된 너는 조금씩 완성되어 전송된다

　문은 나를 끌어당기는 자석이다. 내게 슬픔을 전달한다. 용기를 준다. 나는 그에게 걸어서 간다. 어쩌면 그 문과 걸어가는 나와의 2차 함수관계가 늦가을의 연속무늬 같다. 그러나 덜거덕거리는 직사각형의 그 작은 문이 보이지 않는다

　문으로 가는 굽은 길이 바람에 닳아 사라지는 순간, 나는 나를 아는 단어를 잃는다. 문 안에 있는 상자의 뚜껑이 쾅! 닫힌다

4부

결국은 창문이었다

결국은 마음이었다

결국은 빛이었다
결국은 창문이었다
결국은 주인 잃은 의자였다
결국은
한 포기의 마른 풀, 흘러가는 구름 하나, 쓰다만 검은 연필 한 자
루였다

봄에 땅이 흔들리고
겨울에 그대와의 경계가 분명해지고
가을에 들판의 고요가 휘청거리고
너와 나의 여름엔, 빗소리가 뒷골목으로 조용히 사라지는

결국은 마음이었다

마음이 울적할 땐, 새도 날아가지 않았다
마음이 쓸쓸한 땐, 붉은 우체통을 바라보았다
마음이 길을 잃어버릴 땐, 나는 내가 되지 못했다

＞

　결국은

　너의 잘 정렬된 페이지에 누운 건 나였다
　맑은 유리창을 뚫고 너의 빈자리로 날아간 건 나였다
　아무런 까닭도 없이 은행나무 숲으로 걸어간 건 나였다

　매미가 계속 울어대던 그해,
　여름인데도

　함박눈이 내리면서 세상의 길가에 B형 그리움이 수북이 쌓여
만 가고,

　오후를 걸어가는 의자들을 보았을 때
　비로소 나는 내가 되었을 뿐

밤의 견적서

밤夜. 쿵쿵거리던 발소리가 멈추고 종이 위엔 전혀 새로운 음표들이 긁혔다. 밤의 조용함과 시끌벅적함이 톱니처럼 맞물렸다. 밤의 꼬리가 잡히지 않았다. 보이지 않았다

깜깜한 허공에 목이 하얀 새가 어둠을 가로질렀다. 밤의 세상이 환하게 열렸다. 바다로 가는 길은 멀었다. 섬으로 가는 길은 더 멀었다

분명한 건, 열림과 닫힘. 닫힘과 열림의 간격. 그 간격으로 밤의 거대한 바위가 흔들렸다. 그건 탄생이고 기록이었다. 밤은 흘러가면서 방향을 잃었고 도착지는 알 수 없었다

도대체 어쩌란 말인가

피가 거꾸로 흘렀다. 마른 뼈가 비행했다. 확실한 건, 밤에 발이 달렸다는 사실. 발이 규칙적으로 회전한다는 사실. 그 사실이 실제로 존재한다는 사실

다시 밤夜

발소리가 다시 쿵쿵거리고, 짐승도 울었다

이면裏面의 저녁

하루의 허리가 꺾이는 저녁 무렵

분주한 일상의 손톱이 닳는 중
시끄러웠던 곡선과 직선이 수평으로 가는 중
다 읽히지 않은 당신의 페이지가
자꾸만 낮은 곳으로 스며드는 중이다

저녁의 뒷모습을 보니
닫혔던 상자가 열리고

계절을 떠난 흩어진 뿌리들
함께 있다가 자작나무가 있는 곳으로 훌훌 떠나는
겨울의 저, 표정들
이름을 잃고도 스스로 성장하는 가정법의 나무들

네 곁에 머물다 간 건, 겨울의 발이었다
나를 데리고 간 너의 이름은
멀어지는 바퀴 자국이었다
그리운 것들이 어딘가에서 울고 있을 때
너의 목소리는 더 푸르렀다

>

길이 끝나는 곳에서도 가랑비는 계속 내리고 있는가

지나가는 자동차 행렬 뒤에 남는 건
한 움큼의 침묵의 언어뿐

어둠의 무게가 가벼워질수록
저녁의 목마름은 더 으르렁거리는 일

작은 그리움이 왼쪽으로 투명하게 확장될 때
너와 나의 간격은
더 좁아지는 일

빈 저녁이 지워지고 있었다

밥 한 그릇

적막이 깔리는 식탁 위의 밥 한 그릇
생의 이쪽과 저쪽을 넘나드는 밥 한 그릇
겨울이 오기 전, 너와 나는
스스로 우리가 되지 못했다
주변인처럼 주위를 뱅뱅 맴돌며
다만 슬프고 낡은 무늬를 차츰 넓혀갔다
새벽에 일어나서
가 닿지 않은 곳에 도착하고자
발밑에 숨겨놓은 어둠을 꺼내야 했다
누가 그 한 뼘의 목숨을 말했던가
누가 그 한평생의 눈물을 말했던가
가만가만 비움 한 묶음을 밀어본다
너의 시선이 찍힌 식탁 위의 밥 한 그릇
경계의 안쪽과 바깥을 넘나드는 밥 한 그릇
먼 곳에서 돌아온 외로운 새가
가장 낮은 목소리로 당신의 이름을 부를 때
세상은 형광등처럼 차츰 밝아지고 있었다
성나고 흰 바다의 이빨들이
저녁의 품으로 달려가고 있었다
접혔던 날개가 위로 아래로 퍼드덕거리며

새로운 땅을 찾아 비행하고 있었다
겨울날 내리는 눈 속에 천 년을 살다간 뼈가 있듯이
밥 한 그릇에
강을 묵묵히 건너가신 아버지의 얼굴이 보인다
밥 한 그릇에 아침을 걱정하던 어머니의 작은 방에
불이 켜진다
밥 한 그릇이 식탁에 올라오기까지
너는 나의 직립을 통과하지 못했다
나는 진실로 흙이 되지 못했다
너는 언제 흔들리는 십이월을 기억할 것인지
나는 언제 흩날리는 먼지를 잠재울 것인지
호흡을 잠시 멈추고
밥 한 그릇을 뚫어지게 바라본다
있음과 없음의 간격에 있는 식탁 위의 밥 한 그릇
사랑의 질량이 윙윙거리는 밥 한 그릇

약어

어쩌면 그는,

삶의 경계에 앉아 은유와 상징을 조금씩 알아가는 흰 나비
수사라고는 오직 점층법밖에 모르는 목이 가는 새
콸콸 쏟아지는 수돗물을 안타깝게 바라보는 빈 그릇
마음이 점점 작아질 때 스스로 교차로를 행해 걷는 겨울 유리창
시간의 한복판에 남아 쨍쨍한 빛이 그리운 낡은 축음기

때때로 그는,

몸살을 앓으며 겨울 그리고 봄을 지나 가을로 쓸쓸히 비행하는
자신의 속내를 알고 싶으나 잘 읽지 못하는
직선과 곡선이 만나는 날, 손가락으로 수평선을 긋는

혹은, 길가에 나뒹구는 뼈 없는 과자봉지 같은
혹은, 전봇대 옆 주인 잃은 의자 같은

아니면, 아니면

그리움의 넓이 같은

5일장 날, 어린아이가 들고 가는 꽈배기 속 풋풋한 온도 같은

어쩌면
어쩌면
저녁으로 가는 길, 조각난 슬픔을 줍는 겨울의 기울기 같은,

경계는 아직, 사라지지 않았다

이쪽에 흔들리는 숲이 있고, 저쪽에 텅 빈 어둠이 있다

이쪽에 관성의 힘이 있고, 저쪽에 헝클어진 무늬가 있다

이쪽에 물컹한 시멘트가 있고, 저쪽에 문이 반쯤 열린 흙집이 있다

이쪽에 누워도 좋은 체온이 있고, 저쪽에 고개 숙인 그늘이 있다

이쪽에 흑색 연필을 기다리는 A4 용지가 있고, 저쪽에 바다로 가는 볼펜 뚜껑이 있다

이쪽에 동글동글한 언어가 있고, 저쪽에 불규칙한 리듬이 있다

이쪽에 강을 건너는 철저함이 있고, 저쪽에 슬픔에 젖는 빗방울이 있다

이쪽에 오른쪽이 구겨진 메모지가 있고, 저쪽에 기다림에 지친 플라스틱 의자가 있다

>

    이쪽에 하루를 여닫는 하모니카가 있고, 저쪽에 가을을 기다리는 비닐봉지가 있다

    이쪽에 내일로 가는 전화선이 있고, 저쪽에 어제로 가는 낙서가 있다

    이쪽에 낡은 계단이 있고, 저쪽에 홀로 쓸쓸한 운동장이 있다
    경계를 사이에 두고 나는 없고 너 또한 사라졌으니,

    경계는 경계를 낳을 뿐
    흘러감과 멈춤의 긴 호흡은 다만 출렁일 뿐

    어제와 내일의 손들은 창문을 계속 두드리는데

늦가을의 표정

늦가을이 머물던 자리에 사람들의 목소리는 오래도록 남아 있었다. 어떤 흐느낌이 사람들의 목소리가 듣고 싶어 늦가을이 머물던 자리에 찾아가곤 하였다. 늦가을이 머물던 자리에 먼지는 홀로 남아 그리움을 톡톡, 털고 있었다

어디인가, 늦가을이 머물던 자리는

앞을 보아도 옆을 보아도 투명한 벽이었다. 늦가을이 머물던 자리에 어둠이 천천히 내려왔다. 어둠은 편안해지는 무릎, 슬프지 않은 K의 의자, 동그랗게 말리는 생각들

당신의 이름이, 늦가을이 머물던 자리에 덜컹거렸다

명제

결국 살아있다는 건, 사랑한다는 단어로 통용될 것이다. 그것은 마치 메모지에 남긴 샤프 연필의 흔적과도 같은 것, 그 흔적 옆의 흔적을 하나하나 지우는 일과도 같은 것, 소파 위에서 검은 양말을 벗었다가 신는 것과도 같은 것, 종이컵 안에 든 메밀 차의 온기와도 같은 것, 때론 그 메밀 차를 마시는 속도와도 같은 것, 눈깜짝할 사이 흐르는 형체 없이 흘러간 파란 구름의 옆구리와도 같은 것, 남쪽으로 비행한 어린 새가 역풍을 뚫고 마침내 돌아온 둥지와도 같은 것, 비스듬히, 아주 비스듬히 누운 볼펜의 기울어진 각도와도 같은 것, 시집 128페이지 검은 활자 위를 지나가는 야윈 뼈와도 같은 것, 아스팔트를 굴러가는 바퀴의 구부러진 生과도 같은 것, 삐뚤삐뚤 삐뚤어진 그대의 문법과도 같은 것, 겨울의 끝을 바라보는 들판의 쉼표와도 같은 것, 가랑가랑 밤새도록 내리는 가랑비의 울음과도 같은 것, 비인칭의 문™과도 같은 그것은,

147페이지

이제는 걱정하지 않아도 될 일이다
눈이 오지 않는다고
애써 들판에 나가지 않아도 될 일이다

벽 옆에 서 있는 노란 책,

책 속에 울퉁불퉁한 147페이지가 있는 까닭이다

큰 접시에, 먹던 매콤한 만두가 없어졌을 때
147페이지에 가면 그를 만날 수 있다

마음이 가난한 이의 손등이 차가워질 때
147페이지에 가면 따스한 사랑을 확인할 수 있다

문득, 어린 시절의 흑백사진 한 장이 보고 싶을 때
147페이지에 가면 사진 속 아버지가 웃고 계신다

나에겐 언제나 든든한 빽인 147페이지의 창문이 있다

당신에겐 언제나 든든한 빽인 147페이지의 굵은 밑줄이 있다

>
147페이지에 가면
4B연필로 친구에게 편지를 쓰는 사람을 만날 수 있다

147페이지에 가면
참된 용서로 전이되어 내리는 당신의 은유를 만날 수 있다

147페이지!

그가 있어 당신은 더는 눈물을 흘리지 않아도 된다
그가 있어 나는 더는 슬퍼하지 않아도 된다

바람 불어도, 구름이 몰려 와도
언제나

빗소리

쏴 아아아아

빗소리 들린다. 아니다. 들리는 건 빗소리가 아니다. 들리는 건, 빗소리 탄생 이전의 빗소리, 그러니까 그 빗소리가 튕기는 가는 絃의 떨림이다

빗소리는 처음 어떤 무늬를 소유했을까, 빗소리는 살아가면서 어떤 질문들을 세상에 던졌을까, 빗소리는 生의 경계에서 어떤 생각을 했을까

쏴 아아 쏴 아아아아

빗소리 들린다. 아니다. 들리는 건 빗소리가 아니다. 들리는 건, 빗소리의 빗소리, 그 빗소리의 빗소리. 빗소리와 함께 걷는 그림자의 발걸음 소리다

밤의 창문을 톡톡 두드리며 타박타박 걸어가는
저 낡은 라디오 파열음 같은 빗소리는

수평으로, 다시 수평으로 커가는 희망의 나무다

>

오늘을 내려놓고 내일을 기다리는 밤의 어깨다

약속을 지키려는 그녀의 하얀 발가락이다

틈과 틈 사이에서 왼쪽과 오른쪽을 넘나드는 바람의 잔뼈다

쏴 아아아아
쏴 아아 쏴 아아아아

빗소리 들린다. 빗소리 들린다. 밤의 저 뜨거운 빗소리 들린다. 빗소리가 그칠 줄 모른다. 다만, 밤의 끝을 향해 걸어가고 있을 뿐, 걸어가면서 밤의 안과 밖을 데리고 갈 뿐,

빗소리는, 어둠을 뚫고 가는 수수께끼다
빗소리는, 먼 길을 가는 홀로의 비명이다
빗소리는, 대지를 흔들어 깨우는 목소리다

빗소리, 빗소리는

당신이란 이름의 빨강, 파랑, 노랑. 당신의 무지개

>
　빗소리 들린다. 빗소리 들린다. 빗소리가 크게 들린다. 들리는 건 빗소리가 아니다. 들리는 건, 빗소리가 태어나기 이전의 빗소리, 빗소리

　그 빗소리가 들리는 밤, 뚜르르 뚜뚜뚜, 전화벨 소리는 쉬지 않고 벽을 타고 흐르는 데, 책 속에 박힌 바탕체 글씨는 고요와 적막 속으로 한참을 흐르는 데,

　빗소리야, 빗소리야

간격

저녁 무렵, 나무와 나무의 거리가 천천히 좁아진다. 나와 길 끝 사이의 아득한 거리가 점점 좁아진다. 침묵의 언어들이 타닥타닥 팔딱거리는 까닭일까, 길 건너 적색 신호등 불빛이 파란불로 변색하면서 세상의 한쪽이 흔들리는 까닭일까. 그야말로 어둠의 잔 뼈들이 시간이란 이름으로 내게 걸어오는 저녁 무렵,

직조된 틈이, 틈을 쉼 없이 잉태한다. 눈발처럼

돌아보면 틈은 어디에도 없고 어디에도 있는 것. 틈은 그대와 나 사이에 흩날리는 흙먼지, 그가 오늘을 울며 내일로 비행하고 있다

달팽이 숨 쉬는 여기는 목요일. 오늘은 나무토막처럼 짤막한 목요일. 목요일이 목요일을 소처럼 끌며 간다. 목요일이 목요일의 몸살을 앓고 있다. 목요일과 목요일의 저 간격이 목요일과 목요일의 울음을 흰 종이에 4B연필로 기록하고

사람들은 12월의 길을 가면서 아픈 상처를 기억한다. 그 상처가 저녁별이 되어 점점 깊어 갈수록 너와 나의 간격을 확인한다. 너와 나의 간격에 장작불을 지핀다

>

　어둠이 가득 깔리는 저녁 길가의 한복판,

　간격과 간격이 느슨해진 경계선에 겨울새떼들 웅성거리니 간격과 간격이 다시 팽팽해진다. 닫혔던 뚜껑이 다시 열리고 세상이 안단테로 읽히는 간격, 간격들

책장 넘기기

낡은 나의 책장을 넘기면
들녘이 펼쳐지네

흔들리는 것의 맨 끝과 너의 입술을 보네. 겨울의 둥근 소리를
듣네. 모래알 같은 숨결을 느끼네. 크고 작은 자음과 모음을 말하
네

너의 밤은 길고 차가웠네. 자동차 행렬은 계절의 역행을 허락하
지 않았네. 고요는 지친 하루를 덮어주면서 검은 아스팔트를 밟
았네. 슬픔을 보내고 난 뒤, 기쁨의 밭을 가꾸었네. 겨울의 경계를
걸었네. 행인을 보며 길의 끝을 보았네. 빛이 나를 끌어안을 때,
흙은 점점 붉게 변했네

저녁이 되면 들녘은 접혀 한 줄의 문장으로 기록되는
나의 책장

그것은 내 몸속의 언어였네
나를 흔들어 깨우는 벽의 흐느낌이었네

방房

방에서 가랑잎처럼 뒹굴다가, 무의식과 싸우다가, 겨울의 배경을 읽다가, 들판에 나갔다가 다시 방에 들어온다

방, 방은 내가 태어나기 이전부터 이미 존재하고 있었던 것, 오래되었으나 늘 새로운 것, 방에서

새벽이 오고
눈물 뒤에 빛이 오고
닫혔던 뚜껑이 열리고

방이 방을 만든다. 방이 방을 껴안는다. 방이 방을 본다. 방이 방을 채운다. 방이 방을 기다린다. 방이 방을 엮는다

나는 방으로 인하여 한 뼘씩 깊어간다
너는 방으로 인하여 다시 깊어간다

방, 나의 방
방, 너의 방

그 옛날 아버지의 아버지는 방에서 오셨다. 어제를 살다간 바람

의 자식들도 방에서 꿈을 먹었고 방에서 미래를 살았고 방에서 기다림을 키웠다

방,

텅 빈 방
그 방 안으로

당신의 흰 그림자는 들어오려 하고, 나는 자꾸만 눈 오는 들판으로 나가려 한다. 들어옴과 나감 사이에 생긴 하나의 방

나는 분명 눈을 깜박이는 방을 하나 보았으니
방의 창문으로 수많은 별은 다녀갔으니
방의 침묵은 종소리처럼 멀리멀리 떠나갔으니

상상력, 인간학 그리고 언어의 진폭 :

말과 세계의 문장 혹은 휨의 서술법

김석준 문학평론가

상상력, 인간학 그리고 언어의 진폭 :
말과 세계의 문장 혹은 휨의 서술법

김석준 문학평론가

　말의 잠재적 역량을 폭발시키면서 동시에 인간학의 진실을 아름답게 포획하는 것은 가능한가? 이 질문은 현대시인이면 누구나 다 직면하는 본질적인 물음이자, 그것이 곧 말의 사명, 즉 시인의 운명에 드리운 암울한 전조라는 사실을 직감하게 된다. 물론 그 암울한 전조가 상상력과 말 그 자체를 무한히 향유하는 바로 그 지대에서 생성된 일종의 문학적 아이러니이지만, 따라서 문학의 죽음이 선언된 배후에 표현 불가능한 것의 표현력이 자리하고 있지만, 이러한 시의 운명적 죽음은 시인의 사명과 역설적인 관계를 적극적으로 드러내 보여준다. 클리셰와 매너리즘의 거부 혹은 새로운 말에 저당 잡힌 시인이라는 이름의 운명. 시인의 사명에 충실하면 할수록, 문학의 죽음에 더욱 근접하게 된다. 이러한 현상은 현대의 시들에 잠재된 운명이 아니라, 시라는 양식 자체가 처한 근본적인 함정이다.

　그렇다면 현대의 대부분의 시들이 협소한 언어의 통로를 따라

자신만의 표현법을 내밀하게 표백시킬 때, 그것을 적극적으로 이해 소통시켜 칸트적인 의미의 공통감을 체현할 수 있는가? 분명 현대시인들이 언어의 행로에 접혀진 신기한 주름들, 즉 다양한 언어의 문양을 자신만의 내밀한 존재의 감각으로 육화시키면서, 그것을 시인 자신의 언어적 사명으로 간주할 때, 우리는 문학적 운명과 시의 실존 사이에 존재하는 숙명이라는 균열을 완벽하게 봉합할 수 있는 미학적 장치를 가지고 있는가? 따라서 새로운 언어의 표현법으로 말—세계를 구축하는 것이 고평의 대상이지 비난의 대상이 아닌 것 또한 너무도 명백한 사실이지만, 시의 죽음이라는 저 비극적 징후는 무엇을 지시하며 또 어떤 미래의 시를 예언하여야 하는가?

바로 이 비극의 한복판에 21세기 현대시의 운명이 고스란히 기입되어 있다 해도 과언이 아니다. 대저 시인은 어떤 언어적 사명을 시말 속에 기입하며 한 세기를 살아가는 운명의 타자여야 하는가? 그 문제는 해결이 가능하지 않은 너무도 어려운 난제임에 틀림없다. 시가 가야할 언어의 길을 되돌릴 수 없을 뿐만 아니라, 그 길 끝에 문장의 주검이 널브러져 있을지도 모른다. 다만 분명한 것은 최해돈이 전개한 일련의 시들도 현대시가 처한 운명의 범주에서 크게 벗어나지 않는다는 점이다. 문학의 길은 점점 더 편집증에 시달린 채 협소한 언어의 경로를 따라가다가 너와 나를 소통의 장으로 이끌거나 '우리'로 고양되지 못한 채 아주 내밀한 의식의 "비밀통로"(「바람의 건축법」)에 운명 전체를 함몰시키게 될 것이다.

시가 점점 더 어려워지고 독자에게 다가가지 못할 때, 혹은 시인이 시의 생산자이자 소비자로 전락하는 기괴한 풍경이 연출될 때, 과연 이 시대의 시는 살아있는 존재의 언어인가? 만약 문학의 존재론적 양태가 그와 같다면, 문학은 누구를 위한 문학인가? 분명 시가 말할 수 있는 역량과 시가 향유되고 소비되는 풍토 사이에 거대한 균열이 존재할 때, 시인이 포획한 의미의 진실은 과연 무엇이며 누구를 위한 전언인가? 회의는 치명적이고, 자본과 욕망 사이의 거리는 무한대로 확대된 채, 시가 읽혀질 수 없는 문자로 전락하는 이상한 사태를 연출하게 된다. 그것은 누구의 책임도 아니고, 그 누군가의 잘못으로 전가해서 해결될 수 있는 성질의 문제도 아니다. 그것은 바로 시라는 예술 장르가 처한 치명적인, 되돌아갈 수 없는, 다른 선택의 여지가 없는 절대적인 운명의 함수이다. 시가 점점 죽음의 장으로 이끌려 종국에는 시의 네크로필리아만을 노래하게 될 것이다. 애석하지만, 그것이 현대의 시가 처한 미래의 현실이다.

휠라이트가 말한 것처럼 최해돈의 시들이 언어의 측면에서 아주 세련되게 잘 만들어진 항아리처럼 흠잡을 데 없는 언어의 체계를 구축했다는 사실은 부인될 수 없다. 그것은 말의 양력과 부력이 온전하게 표현된 아름다운 언어들의 구성체이다. 따라서 시인이 전개한 일련의 시말운동은 참신한 언어의 조어법을 바탕으로 말—세계, 즉 새로운 언어의 공간으로 정초했을 뿐만 아니라, 정교하게 고안된 자신만의 표현법을 다양한 말의 경로에 응고시킨 말의 신기원에 해당한다 하겠다. 상상력의 극한 혹은 말과 사물 사이에 접힌 존재의 주름. 말이 가볍게 두리둥실 날아다니며 상상력을 자극 도발하였으며, 마침내 새로운 언어가 존재하는 말—세계를 구축하기에 이른다. 사물에게 말을 걸고, 또 내밀한 말의 표현법과 정면으로 마주선다. 이를테면 최해돈 시인의 『붉은 벽돌』은 무의식의 심연에 침전된 정제되지 않은 말—기호들을 섬세한 의식의 그물에 투사시킨 존재의 언어인데, 그것은 바로 "참된 용서로 전이되어 내리는 당신의 은유"(「147페이지」)이다. 말하자면 시인에게 이 세계는 상징이거나 은유 아니면 환유로 표현되는 말의 잠재적 가능태인데, 그것이 바로 물질의 접촉면에 기입된 의미의 발현 방식이다.

진정한 시인의 "마음"(「결국은 창문이었다」)으로 말과 사물 사이의 관계를 이접이나 연접시킨다. 말—세계가 새로운 방식으로 구축되었으며, 마침내 하나의 존재 신화가 특유의 언어적 지층 위에 건설되기에 이른다. 그것은 하나의 서사가 만든 말의 양생법이자, 신기원이 현전의 언어로 공간 속에 현시되는 극적인 순간이다. 말하자면 시인이란 운명적으로 새로운 언어의 조어법에 사로잡힌 존재론적인 "주름"(「내일은 파란 밑줄」)을 투명하게 발화시키는 운명의 타자이다. 읽고 해석하고 회의하고 사태의 징후를 판별한 후 종국에는 자신만의 고유한 존재의 감각을 언어로 육화시키는 아주 내밀한 의식의 통로가 시인에게 부과된 존재의 치명적인 주름이다. 특히 최해돈 시인의 그것은 현란한 말의 수사학 너머로 미지의 인간학적 현실을 응고시켜 단순한 말의 향유를 인륜적 삶으로 고양시키고 있다. 문장의 깊이 혹은 무의식의 심연에 가라앉은 사랑과 슬픔의 행로. 최해돈 시인에게 말은 "생사의 그 숭고한 틈"(「전송되는 아스팔트」)에서 생성되는 미지의 기호이자, 반드시 의미의 행간에 위치시켜야만 하는 문장의 정체이다.

그렇다면 사라지는 것들을 내밀한 언어의 깊이로 포획하는 방법은 무엇인가? 물질적 상상력에 응고된 말의 참된 정신은 소통의 장으로 이끌어갈 언어적 장치를 자체 내에 구비하고 있는가? 분명 최해돈의 그것이 "자음과 모음"(「얼굴들」)의 변주, 즉 말과 문장의 표현법을 통해서 은유와 환유와 상징의 지대에 기입된 의미를 심문하고 있는데, 그것은 투명하게 발화된 현전의 기호인가? 현란한 말의 수사학 혹은 문장으로 발화시키는 세계의 기호학. 무량한 마음으로 "여백"(「트랙」)을 응시한다. 까닭은 "단절된 문장이 지나가는 숨 가쁜 시간들"(「비틀거리는 은유들」)이 여백을 구성하는 말의 진실이기 때문이다. 따라서 시인에게 말은 "무의식"(「방房」)에 침전된 잠재적 가능태를 포획하는 최적의 장소이자, 상상적 지평이 육화되는 궁극의 장소이다.

물론 종국에는 시간도 공간과 함께 휘어져 모든 의미의 체계를 고밀도로 압축 굴절시킴 동시에 인간학과 세계 전체를 무의 지대에 당도하게 만들겠지만, 시인에게 말은 휘어진 것들의 본성을 구해내는 최적의 장소이다. 다시 휘어지고 공간과 함께 말이 아포리아로 사라진다. 더불어 말의 사라짐과 동시에 이제까지 함축했던 의미의 체계 또한 붕괴된다. 어쩌면 최해돈 시인에게 시 쓰기란 소멸의 징후를 흔적으로 남기는 일종의 시간의 표현법인지도 모른다. 왜냐하면 휘어진 모든 것들은 흔적조차 없이 완전한 적멸에 이르는 무 그 자체를 의미하기 때문이다. 따라서 금번 상재한 『붉은 벽돌』에 묘파된 다양한 말의 양태들은 인간학과 세계 사이에 매개된 흔적들을 상상력으로 포획한 존재의 언어일 뿐만 아니라, 그 모든 징후가 바로 "슬픔과 기쁨"(「비」)에 의해 변주된 승화의 언어임을 드러내 보여주고 있다.

적막이 깔리는 식탁 위의 밥 한 그릇

생의 이쪽과 저쪽을 넘나드는 밥 한 그릇

겨울이 오기 전, 너와 나는

스스로 우리가 되지 못했다

주변인처럼 주위를 뱅뱅 맴돌며

다만 슬프고 낡은 무늬를 차츰 넓혀갔다

새벽에 일어나서

가 닿지 않은 곳에 도착하고자

발밑에 숨겨놓은 어둠을 꺼내야 했다

누가 그 한 뼘의 목숨을 말했던가

누가 그 한평생의 눈물을 말했던가

가만가만 비움 한 묶음을 밀어본다

너의 시선이 찍힌 식탁 위의 밥 한 그릇

경계의 안쪽과 바깥을 넘나드는 밥 한 그릇

먼 곳에서 돌아온 외로운 새가

가장 낮은 목소리로 당신의 이름을 부를 때

세상은 형광등처럼 차츰 밝아지고 있었다

성나고 흰 바다의 이빨들이

저녁의 품으로 달려가고 있었다

접혔던 날개가 위로 아래로 퍼드덕거리며

새로운 땅을 찾아 비행하고 있었다

겨울날 내리는 눈 속에 천 년을 살다간 뼈가 있듯이

밥 한 그릇에

강을 묵묵히 건너가신 아버지의 얼굴이 보인다

밥 한 그릇에 아침을 걱정하던 어머니의 작은 방에
불이 켜진다
밥 한 그릇이 식탁에 올라오기까지
너는 나의 직립을 통과하지 못했다
나는 진실로 흙이 되지 못했다
너는 언제 흔들리는 십이월을 기억할 것인지
나는 언제 흩날리는 먼지를 잠재울 것인지
호흡을 잠시 멈추고
밥 한 그릇을 뚫어지게 바라본다
있음과 없음의 간격에 있는 식탁 위의 밥 한 그릇
사랑의 질량이 윙윙거리는 밥 한 그릇

— 「밥 한 그릇」 전문

아름답지만 슬프고, 슬픔의 심연으로 추락하는 듯하지만, 이내 평정의 상태에 도달하게 된다. 까닭은 시인에게 말은 인간학과 세계 사이의 경계면에 위치한 시간의 흔적이기 때문이다. 극심한 고통으로 점철되었던, "밥 한 그릇"에 생 전체를 저장 잡힌, 지난한 노동의 나날을 상기시키는 "아버지의 얼굴" 같은 그 무엇인가가 말의 심연에 고스란히 침전된다. 그러나 담담하다. 그러나 아늑하다. 아니 애써 담담한 척하며 "아침을 걱정하던 어머니의 작은 방"을 응시한다. 물론 이 일련의 서사적인 사태가 "어둠"에 닿아있는 무의식의 침전물처럼 읽혀지기는 하지만, 따라서 의식의 "경계의 안쪽과 바깥" 사이에 파열하고 해체된 인륜적 삶의 과거가 고스란히 기입되어 있기는 하지만, 그것은 바로 자연인 최해돈이 견디어낸 "한 뼘의 목숨"이거나 "한평생의 눈물"을 지시하며 일구어낸 참된 존재의 언어인지도 모른다.

언어가 존재하기 이전에 "밥"이 있었고, 시가 발화의 형태로 향유되기 되기 이전에 인간학이 이 세계를 투명하게 밝히고 있었다. 따라서 시인에게 밥은 존재의 존재이고, 언어이전의 언어이다. 설령 시인에게 속했던 그 모든 것들이 "적막"이라는 저 외로운 고립의 상태에서 생성된 것이기는 하지만, 그것은 바로 "사랑의 질량"을 측량하는 참된 인간학의 장소라 하겠다. 아니 보다 정확하게 말해서 최해돈 시인에게 "밥 한 그릇"은 "생의 이쪽과 저쪽을 넘나드는" 절대 기호이자, 인륜성이 비로소 표현되는 최초의 장소이다. 물론 가난으로 침몰하던 그때 그 시절은 희망의 거세된 절망의 시절이었지만, 혹은 "주변인"처럼 늘 "슬프고 낡은 무늬"에 점점 물들어 나락으로 추락하곤 했었지만, 시인에게 "밥 한 그릇"은 삶—시간—세계를 포월하는 인륜성의 진정한 근원이라 하겠다.

따라서 최해돈 시인의 시 「밥 한 그릇」은 가장 낮은 저음으로 공명하는 참된 존재의 목소리일 뿐만 아니라, 이 세계가 "사랑"의 구성물들로 이루어졌음에 증명하는 인륜적인 삶의 전언이다. 밥 한 그릇에 간절한 시인의 마음이 얹힌다. "당신의 이름"을 애절하게 불러본다. 물론 이때 당신의 정체가 약간 애매모호하지만, 시인의 부모님이거나 혹은 이 세계를 주재하는 대타자인 듯도 하지만, 아무튼 당신의 이름은 "사랑의 질량"과 공명하는 인륜적 실재를 지시하는 절대적인 주체인 것만은 분명하다. 오늘도 시인은 밥 한 그릇을 뚫어져라 응시하며 한 세계를 건너고 있다. 그것이 바로 삶의 궁극적인 주체, 즉 사랑이고 인륜적 실체이자, 생의 경계면에 위치한 인간학의 진실이다.

진실을 믿지 않는, 환상에 포획된, 자본의 노예로 추락한 21세기에 인간학을 사랑의 질량으로 회감하는 최해돈의 시말운동은 아직도 시가 유효한 이유 중에 하나일지도 모른다. 상상력의 진폭이 무한히 확장하여 말의 표현법을 새롭게 구축하는 것이 시인의 임무이지만, 그 모든 언어적 사태의 심연에 사랑의 무게를 침전시키는 행위야말로 시의 죽음을 유예시킬 수 있는, 시를 영원히 향유하게 만들 수 있는 유일한 방법인지도 모른다. 네그리와 하트가 『공통체』에서 사랑과 행복을 제도화하기를 열망했던 것처럼, 슬픔이 침전된 인간학을 사랑의 형식으로 고양시킨 시예술이야말로 참된 심혼의 언어인지도 모른다. 때론 밥 한 그릇에 응고된 사랑의 질량을 인륜적 사랑으로 고양시키면서, 때론 아버지의 지난한 노동의 삶을 "천년"의 사랑으로 술회하면서, 최해돈 시인은 사랑의 전언을 자신만의 독특한 언어의 조형술로 대위시키고 있다. 말과 사물 사이에 상상력을 공명시켜 말의 신기원에 도달해가고 있다.

마침내 다다르는 곳이 바닥이거늘, 바닥은 오늘도 스스로 바닥이 되지 못하고, 사람들은 바닥 위에서 어제와 오늘을 흘림체로 기록하고, 내일에 풀잎에 낙하하는 먼지의 무게를 해독하고

바닥이 차츰 휘어진다

사람들은 바닥으로 걸어갈 때, 또 다른 울음을 저장한다
—「바닥을 위한 브리핑」 부분

새로움과 낯섦을 위해
경계의 문법이 적힌 곳에
굵은 밑줄을 그었다
　　―「無를 위한 독백」 부분

비울수록 채워지는
순간, 순간들
채울수록 비워지는
수평의 이면들
　　―「붉은 벽돌」 부분

　"처음"과 "끝" 사이에 매개된 "적막"(「스탠드」)의 언어적 기호는 무엇을 지시하는가? 시인이 외로움과 슬픔의 심연을 배회하면서 인간학을 사랑으로 공명시키는 것은 어떤 언어적 전략인가? 더 나아가 "새로움"으로 나아가는 내밀한 언어의 통로에 사랑은 어떠한 의미의 존재로 위치하고 있는가? 언어적 새로움과 의식 사이의 불협화음 혹은 언어의 무게를 존재의 무게로 치환시키기. 이를테면 최해돈의 『붉은 벽돌』은 시가 나아가야할 미래적 비전을 제시하고 있는데, 그것은 언어와 현실 사이의 거리를 봉합하는 시인 특유의 균형 감각이 빚어낼 결과인지도 모른다. 아니 보다 정확하게 말해서 시인의 그것은 신선한 언어 감각을 환상의 공간으로 이접시키거나 연접시키는 것이 아니라, 늘 삶의 자리로 되돌아와 인간학적 현실을 심문 조망하는 구경적 태도를 드러내 보여주고 있는데, 그것이 바로 시의 미래적 비전을 예시한 사례라 하겠다.

인간학적인 "결핍의 깊이"를 알레고리적으로 묘파하였으며, 삶의 "흔적"(「낡은 종이에 대한 고찰」)들을 무의식적인 환상의 경계면에 위치시키기에 이른다. "바닥"으로 여지없이 추락한다. 더불어 생의 표현법 전체를 "흘림체"로 기록하면서, "어제와 오늘"에 기입된 삶의 의미를 "내일"로 투사시킨다. 물론 그것 역시 "질서와 겸손"으로 대변되는 바닥의 삶에 관한 일종의 알레고리적 사태를 술회한 것이지만, 따라서 환상의 이미지들에 둘러쳐져 일체의 저항이 허락되지 않는 21세기의 현실에 관한 비판의 우회로를 설계한 것처럼 보이지만, 기실 이러한 일련의 사태는 21세기 자본이 쳐놓은 음흉한 덫인지도 모른다.

바닥으로 추락하는 생의 기록은 "울음"의 기록물이고, 너와 나를 포함한 "우리" 전체에 접혀진 존재의 주름이다. 물론 시인의 그것이 내일의 의미 전체를 "먼지의 무게"로 읽고 해독하지만, 따라서 궁극에는 인간학적 진실조차 휘어져 "희망"을 절망으로 기록하겠지만, 그것이 바로 너, 나 그리고 우리가 위치한 존재의 자리이자, 시가 반드시 언표해야만 하는 "보편적 진실"(「하이웨이」)의 무게이다. 사물과 존재의 "이면"을 투시했으며, 마침내 삶의 구성물들 전체가 "배고픔과 배부름의 틈 사이"에서 파생되는 알레고리적인 현실임을 직시하게 된다. 최해돈의 시들이 놀라운 것은 그 모든 알레고리적 사태가 언어적 긴장력을 전혀 놓치지 않는다는 점이다. 다시말해서 언어적 차원에서 볼 때, 시인이 전개한 일련의 시말운동은 상상력의 진폭을 무한히 확장해 말이 가진 순수한 양력과 부력을 한층 고양시킴과 동시에 그 모든 의미의 사태를 상징의 카테고리로 포섭하고 있다.

그러나 지극히 현실적이다. 그러나 다분히 은유와 환유의 경계면을 다양한 언술방식으로 교묘히 비껴가며 현실의 첨예한 문제를 간접적으로 드러내 보여준다. 현란한 수사가 진실에의 접근을 차연시키지만, 따라서 화려한 말의 풍년으로 인해 최해돈의 그것이 실재에 벗어난 환상의 언어처럼 느껴지기도 하지만, 그것은 일종의 언어적 전술이라 하겠다. 마치 의미가 부재한 것처럼, 의미의 지대에 당도하는 것을 최대한 저지 지연시킨다. 말하자면 시 읽기는 반복이 요구되는 지난한 고행의 작업이자, 선뜻 의미의 지대로 인도하지 않는, 재음미가 요구되는, 시 쓰기의 고통과 동참하기를 요구하는 어떤 숭고한 행위와 같은 무엇으로 그것의 의미를 희석시키고 본질을 흐린다.

따라서 우리는 상호 부재의 상황 속에 위치한 희망의 타자이자, 절망의 수인으로 몰락하는 바닥의 운명이다. 물론 최해돈의 그것이 저 '휨'이라는 필연의 운동으로 이끌어가 "無"를 직면하게 만들지만, 따라서 현란한 말과 말 사이에 기입된 그 모든 것들이 "독백의 출입구"(「트랙」)에 가닿게 되겠지만, 그것이 바로 말이 말해질 수 있는 진실의 무게이다. 우리는 늘 "사막의 슬픈 낙타"(「낡은 종이에 대한 고찰」)처럼 "사랑을 파먹"는 "어둠"의 자식들로 몰락하는 운명의 타자일 뿐이다.

결국 살아있다는 건, 사랑한다는 단어로 통용될 것이다. 그것은 마치 메모지에 남긴 샤프 연필의 흔적과도 같은 것, 그 흔적 옆의 흔적을 하나하나 지우는 일과도 같은 것, 소파 위에서 검은 양말을 벗었다가 신는 것과도 같은 것, 종이컵 안에 든 메밀 차의 온기와도 같은 것, 때론 그 메밀 차를 마시는 속도와도 같은 것, 눈 깜짝할 사이 흐르는 형체 없이 흘러간 파란 구름의 옆구리와도 같은 것, 남쪽으로 비행한 어린 새가 역풍을 뚫고 마침내 돌아온 둥지와도 같은 것, 비스듬히, 아주 비스듬히 누운 볼펜의 기울어진 각도와도 같은 것, 시집 128페이지 검은 활자 위를 지나가는 야윈 뼈와도 같은 것, 아스팔트를 굴러가는 바퀴의 구부러진 生과도 같은 것, 삐뚤삐뚤 삐뚤어진 그대의 문법과도 같은 것, 겨울의 끝을 바라보는 들판의 쉼표와도 같은 것, 가랑가랑 밤새도록 내리는 가랑비의 울음과도 같은 것, 비인칭의 문門과도 같은 그것은,

　　―「명제」전문

　오늘도 상상력을 공간을 활보하며 "빗물의 문장"(「바닥을 위한 브리핑」)을 받아 적다가 문득 진리의 구성물이라고 믿어지는 "명제"라는 단어에 심혼이 고정된다. 그것은 비트겐슈타인 식의 진리가 발화될 수 있는 절대공간인가? 시인의 명제와 비트겐슈타인의 명제 사이의 거리는 어느 만큼이며, 우리는 무엇을 일러 참된 명제라고 말하는가? 시인이 표현한 일련의 명제가 사랑과 삶 사이의 거리를 측량하는 "흔적"들의 구성체일 때, 그것은 어느 만큼의 진실을 확립하는 진리의 전언인가? 『붉은 벽돌』이 감당하는 언어의 무게가 생기발랄한 말 그 자체의 표현법에 집중된 것은 사실이지만, 따라서 "흩어진 언어"(「모빌」)의 이산적인 운동을 정갈하게 포섭하여 문장으로 발화시키는 것이기는 하지만, 그것은 어디까지나 인간학적인 진실과 상면하기 위한 도구적인 전략일지도 모른다. 왜냐하면 최해돈이 전개한 일련의 시

말운동은 끊임없이 존재의 자리를 환기시키는 삶의 "흔적", 즉 "울음"의 노래이기 때문이다.

따라서 시인의 그것은 명제 이전의 사태이거나 명제화가 불가능한 인간학적인 징후이다. 어쩌면 그것은 진리의 조건들을 회의하는, 삶을 사랑하는, 더 나아가 인간학이라고 호명되는 "그대의 문법" 속에 침전된 "미완성"(「춥지 않은 밤」)의 기호를 발화시키는 너무도 인간학적인 욕망의 언어인지도 모른다. 그러므로 시인의 명제는 비트겐슈타인의 진리 명제가 아니라, 너와 나 사이에 매개된 "구부러진 生"의 기호일 뿐만 아니라, 종국에는 인간 전체가 직면한 숙명의 형식을 시간의 기호로 풀어낸 것임에 틀림없다.

그것은 모두에게 열려진 "비인칭의 문問"이다. 그것은 휘어진 시간 속에 기입된 존재의 그림자이다. 그것은 흔적의 생성이자 말소이다. 그것은 "삐뚤삐뚤"이자, "비스듬히"로 묘사되며 늘 불규칙하게 탄주되는 존재의 숙명이다. 물론 "결국 살아있다는 건, 사랑한다는 단어로 통용"되는 순간에 명제화가 가능하겠지만, 그것은 사랑의 역설, 즉 존재론적인 비애이거나 삶의 심연에 침전된 슬픔의 기호일 뿐이다. 말하자면 최해돈에게 명제란 개연적 사태들이 이루어낸 존재에 관한 주관적인 이해인데, 그것은 결코 진리 명제로 환원이 불가능한, 이 세계가 아닌 곳에서만 해명이 가능한, 다만 미완성의 문장으로 발화할 수 있는 미완의 기획물이다. 따라서 시인에게 명제는 '그것은 ─이다'와 같은 정언명령이 아니라 '그것은 ─같은 것'으로 표현되는 일종의 가언이다. 그것은 시인에게 속한 말이다. 그것은 은유나 직유로만 표현되는 일종의 수사학적인 표현법일 뿐만 아니라, 말과 세계 사이의 균열을 봉합하는 시인의 특유의 어법

이다. 그러나 그것은 삶이나 존재 그 자체의 언어이지 명제의 언어
는 아니다. 그러나 그것은 삶의 침전물들을 위무하는 시인 특유의
언어적 구성체이지, 결코 차가운 명제의 기호일 수는 없다. 인간학
이 거세된 아주 냉혹한 기호 말이다.

　　문구점 아주 구석진 곳의 빈 상자. 한 묶음의 고요는 상자 안
　이 궁금한 것이다. 아니다. 고요는 상자 밖이 궁금한 것이다. 나
　는 가끔 상자의 얼굴을 본 후, 돌담길을 따라 집으로 간다. 세상
　이 정지한 것처럼 숨 막히는 날, 오래도록 사람들을 기다리며 하
　루를 앓는 저, 빈 상자
　　　─「소묘」 전문

　　방 한구석, 사내가 눈을 불규칙적으로 깜박이고 있다. 눈이 깜
　박일 때마다 밤의 짧은 문장들이 공회전한다. 겨울을 보낸 새들은
　다 어디로 갔을까. 봄의 얼굴은 찬물로 얼마나 씻어야 보일까. 생
　각이, 생각의 씨앗을 키우고 있다. 씨앗이 성장하는 동안, 세상의
　그림자는 연속무늬로 재생되고, 생각의 변두리에 푸른 계절이 펄
　럭거린다. 생각이 밀고 당기기를 반복한다. 사내의 눈이 깜박일
　때마다 열림과 닫힘의 선명한 경계가 생겼다 지워진다. 생각이 있
　는 곳엔 언제나 너의 굽은 어깨가 있다
　　　─「있다」 전문

　말의 문법은 "하루"에 침전된 시간의 문양이자, 그 모든 것들을
상징의 체계로 고양시킨 시의 참된 역량이다. 특히 최해돈 시인의

『붉은 벽돌』은 능수능란한 말의 운용법을 바탕으로 인간과 세계의 조건들을 다양한 문맥의 형태로 읽어내고 있는데, 그것이 바로 시 말로 발화시킨 문장의 정체이다. 문장의 정체는 세계의 정체이다. 아주 섬세한 존재의 감각으로 "바람의 아픔"(「겨울의 체적」)을 읽어냈으며, 마침내 호기심이 일어 "고요"와 "빈 상자" 사이에 매개된 시간의 정체를 심문하기에 이른다. 도대체 이 우주의 구성체는 무엇인가? "궁금"증에 사로잡혀 생각에 생각이 꼬리를 물며 미지의 질문들에 포획된다. "상자의 안"과 "고요"와 "세상" 그리고 상자의 바깥에 흐르는 시간의 정체는 무엇인가? 우리는 영원을 기다리며 "하루를 앓는" 무량한 존재인가? 미지의 시공간에 시선점이 응고된다. 말하자면 시 「소묘」는 상자 알레고리를 통해서 인간학과 세계 사이에 매개된 앎에의 의지를 술회하고 있는데, 그것이 바로 하루라는 시간에 표현된 생각의 정확한 위치이다.

"반복"에 포획된다. 아니 반복은 인간학의 가능조건인 동시에 그 가능조건을 여지없이 논파시키는 숙명의 기호이다. 따라서 나, 너, 그리고 우리는 늘 생산의 과정 중에 있고, 또 "있다"의 반복을 '없다'의 반복으로 전복시키는 곳에서 생성된 역설의 운동이다. 그렇다면 저 반복에 사로잡힌 우리는 무엇을 위한 존재이며, 늘 "불규칙적으로" "공회전"만 일삼는 무위의 타자인가? 생각이 저 심오한 "하루"의 본질에 가닿지 못한다. 말하자면 시인이 전개한 일련의 시말 운동은 늘 아포리즘 같은 "밤의 짧은 문장들만을 발화시킨 미완의 문장인지도 모른다. 왜냐하면 존재의 서사를 육화시키는 "밤의 긴 문장"(「모빌」)을 온전하게 포획해 진실에 접근하는 것은 그리 쉬운 일이 아니기 때문이다. 따라서 시인에게 반복은 더 나은 생각이 자라날 수 있는 존재의 근원이자, 인간학적인 진실이 발아될 수 있는 모든 "생각의 씨앗"이다.

물론 그 생각이라는 저 마성적인 공간도 종국에는 아포리아에 포획되어 재차 반복이라는 숙명으로 함몰되는 비극적인 파국에 도달하게 된다. 따라서 모든 진리의 구성물은 '있다'에서 '없다'로 역전시키는 미궁에 빠진 채 미망으로 추락하겠지만, 최해돈 시인은 문장의 안과 밖을 상자의 안과 밖으로 유비시키면서 진리의 가능조건들을 다양한 방식으로 언표하고 있다. 마치 "눈이 깜빡" 열렸다 닫히는 순간에 진리의 개현이 일어나는 것처럼, 시인은 "생각의 변두리"에 침전된 "세상의 그림자"에게서 "열림과 닫힘"의 오묘한 진리를 깨닫게 된다. 어쩌면 산다는 것은 반복을 거슬린 차이의 반복으로 재귀하는 영원회귀의 순간에 기입된 운명적 사랑의 형식인지도 모른다. 오늘 하루가 "생겼다 지워지"고, 지워졌다 다시 생긴다. 반복의 생각만이 생각을 반복시킨다. 살아있고, 오늘 하루를 다시 앓게 된다. 미궁에 휩싸인 우주마냥 "저, 빈 상자"에 포획된다. 아무것도 없을지 모른다. 그저 무만이 자신의 이념과 진실을 예증하는 진리인지도 모른다.

이 연필의 물리적 힘으로, 늦겨울 머물다 간 그녀는 우주를 들었다, 우주를 놓았다 했다. 이 연필 하나로, 등이 굽은 김 노인은 1분 동안 운동장을 10바퀴 회전했다

가끔 내 생각의 뿌리도 차츰 자라, 강물에 풍덩, 빠지기도 하고 밭둑에 톡, 버려지기도 하였다. 그해 여름, 연필의 옆구리에서

풀들은 태어나고 빗물을 마시며 잘 자랐다. 그해 겨울, 연필의 안
쪽에서 벽난로처럼 뜨거운 사랑의 부스러기가 흩날리고 있었다

　연필은 당신의 1급 형용사. 연필로 인해 당신의 불타는 집은 완
성되었다. 연필로 인해 당신은 3인칭 주격조사로 변신했다. 당신
은 연필과 헤어져 나뒹굴다가 날이 어두워지면 연필 근처로 돌아
오곤 했다. 나는 당신의 그림자를 따라 다니다가 여름을 만났다.
봄을 만나고 가을을 만나고 겨울을 만났다

　책 위에 길게 누운 연필……그는 끝끝내 흙이 되지 못하고 내일
과 어제를 경험한 그늘이 되었다
　　─「연필의 영역」 전문

　“일상”(「파란 만년필」)의 무게에 의해 상상력의 위치가 가늠
되고, 또 “문장의 무게”(「하이웨이」)가 결정된다. 이를테면 최해
돈의 그것은 무거운 일상의 삶의 무게를 상상력의 언어로 가볍
게 비껴가면서 말─자유를 최대한 향유하고 있는데, 금번 상재한
『붉은 벽돌』에 노정된 시말의 정체가 그것이다. “연필의 물리적 힘”
은 “우주” 생성의 기원이고, 진리가 발생하는 절대적인 힘이다. 까
닭은 이 세계는 카오스로 자신의 존재론적 위치를 구성하고 있는
“아득함의 발원지”(「하루의 형식」)이자, 환상으로 둘러쳐진 미지의
공간이기 때문이다. 어쩌면 시인이 말한 것처럼, 연필의 무게 하나
로 이 세계, 이 우주를 지탱하거나 연필 하나의 완력으로 완벽하게
장악할 수 있을지도 모른다. 왜냐하면 “그녀” 또는 “나”에게 연필,

즉 물질은 단순하게 존재하는 일상의 구성물이 아니라, 시간과 공간 저 너머로 비약할 수 있는 상상력의 절대적인 주체이겠기 때문이다. 따라서 연필은 물리력의 주체인 동시에 상상의 객체이고, 인간학이 표현되는 숭고한 존재의 표상력이자 변화를 주도하는 절대자이기도 하다.

따라서 그것이 가닿는 지점에 의미가 있고, 또 다른 의미가 생성된다. 말하자면 최해돈에게 연필은 시인이라는 페르소나, 즉 말이 존재하는 방식이자, 말이 육화되는 근원적인 "생각의 뿌리"이다. 그것은 모든 변화가 표현되는 절대 장소이다. 그것은 세미오틱 코라이기도 한데, 말의 잠재적인 표현법이 물리력과 상상력의 총체적인 구성체로 완결되기 때문이다. 때론 인간학의 안쪽에 "뜨거운 사랑의 부스러기"를 잔여로 남겨놓아 삶 전체를 파열하게 만들면서, 때론 오늘이 아닌 "내일과 어제"에 침전된 존재의 "그늘"을 아련하게 상상하면서, 시인은 "미완의 집"(「직설적인, 다소 직설적인」)으로 존재하는 말—세계를 상상적 지평으로 고양시키고 있다. 물론 연필이라는 마물 앞에 너, 나, 그리고 우리는 "1급 형용사"가 되거나 "3인칭 주격조사"로 자신의 존재론적 위치를 자주 변신시키게 되겠지만, 그것은 바로 예술의 공간 속에 위치하는 시인/작가의 참된 모습일지도 모른다. 왜냐하면 연필이 가닿는 지점에서 발화되는 그 모든 표현 양식이 바로 예술의 위치를 지정하는 영역이기 때문이다.

따라서 "연필의 영역"은 이제까지 이룩된 예술의 모든 영역을 지시하는 동시에 예술에 사로잡힌 예술가의 운명 그 자체이기도 하다. "당신의 그림자"에 포획되어 이러지도 저러지도 못하는, 늘 제

자리로 되돌아오는, 천형의 운명 같은 바로 그것이 연필에 응고된 예술의 실체이다. 역으로 최해돈이 역설한 연필론은 예술(가)의 존재론적 양태는 물론 학의 가능조건들도 메타적으로 고찰하고 있는데, 그것이 바로 연필에 의해 표현된 "물리적 힘"의 정체, 즉 진리와 그것의 구성물에 관한 담론적 사유라 하겠다. 오늘도 우리는 연필 하나가 미치는 힘을 체험하며 불규칙하게 운용되는 예술의 운명을 직관하게 된다. 더불어 학의 가능조건과 실체가 무엇인지를 성찰하는 영역에 당도하고 있다.

나만의 반 흘림체 문장으로
기록하고, 기록하고, 기록하고
—「식式」 부분

삶의 경계가 지워진다
生의 유통기한이 차츰 다가오고 있다
—「여름날의 묵화」 부분

삶의 경계에 앉아 은유와 상징을 조금씩 알아가는 흰 나비
수사라고는 오직 점층법밖에 모르는 목이 가는 새
—「약어」 부분

분명한 건, 열림과 닫힘. 닫힘과 열림의 간격. 그 간격으로 밤의 거대한 바위가 흔들렸다. 그건 탄생이고 기록이었다. 밤은 흘러가면서 방향을 잃었고 도착지는 알 수 없었다

도대체 어쩌란 말인가
— 「밤의 견적서」 부분

　시간의 "간이역"(「단어」)에 기입된 문장은 무엇이고 또 "그리움의 씨앗"(「여름을 건너간 슬픔」)을 싹 틔워 기록한 말의 정체는 무엇인가? 대저 저 가열한 시간의 형식을 통과해가면서 시인은 말의 어떠한 진면목을 시말 속에 응고시켜 인간학과 세계 사이의 균열을 봉합하고 있는가? "사랑의 기쁨" 혹은 "슬픔을 건너는 사람"(「습작」)들의 "사랑의 온도"(「하이웨이」). 분명 최해돈의 그것은 미처 발화시키지 못했던 사랑의 기호 어디쯤을 육화시킨 참된 존재의 언어일 게다. 물론 여기저기서 "파열음"(「반송된 계절」)이 터져 나오고, 따라서 너와 나 그리고 우리를 포획했던 모든 것들이 "어둠의 무게"(「이면裏面의 저녁」)로 수렴하는 것 또한 사실이지만, 시말은 불협화음으로 탄주되었던 그 모든 존재의 "간격"(「슬픔의 음역」)을 일거에 무너뜨려 인간학적 진실을 사랑의 형식으로 노래하게 되는데, 그것은 바로 "푸른 기억"(「수평선 너머가 뒤척였다」) 안쪽에 침전물로 남아있는 무의식의 구성물인지도 모른다. 아니 보다 정확하게 말해서 시인에게 사랑은 시를 쓰게 만드는 근본적인 동력, 즉 인간학적인 휩의 실재이자, 이 세계를 위해 시인이 행할 수 있는 "남김의 미학"의 절대적인 주체이다.

　그러나 그러한 사랑의 형식에도 불구하고, 이 세계는 "자기만의 불규칙한 리듬"으로 탄주되는 욕망의 공간일 뿐만 아니라, 늘 "시간의 흔적"을 회한으로 기술하는 슬픔의 노래로 가득 차있는 경우가 비일비재하다. 설령 그것이 "자기만의 음감"을 고유하게 변주하는 생에의 형식인 것만은 분명하지만, 왜 인간학은 모든 의미의 사태를 휨의 경제학적 지평으로 귀환시켜 "노인의 뒷모습"을 반추하게 만드는가? 어쩌면 진리에 이르는 아드리아드네의 실타래는 요원한 미망의 길이거나 완전히 날조된 허구인지도 모른다. 왜냐하면 자신만의 고유한 "반 흘림체 문장"은 "식式", 즉 인간의 의식적 전유가 만든 "적막"의 "언어" 그 자체이기 때문이다. 따라서 사랑의 형식도 종국에는 "시간의 뼈와 살"로 탈화되어 "生의 유통기한"을 종료시키는 것으로 그 소임을 다하게 된다. 만약 인간학의 징후가 이와 같은 결론으로 종료된다면, 혹은 "삶의 경계"가 완벽하게 지워지는 것으로 그 존재의 방식이 결정된다면, 휨의 저 거대한 역학은 무엇을 지시하는가?

다만 오늘도 너, 나 그리고 우리는 "조각난 슬픔"을 매만지며, 한 마리 죽어가는 "흰 나비"로 물화될 뿐이다. 설령 최해돈의 그것이 "은유와 상징"의 지대에 있을지 모르는 진리에 관한 담론적 사유를 시말화한 것이지만, 어찌 "시간의 한복판"에 기입된 저 오묘한 휨의 역학을 온전하게 포획할 수 있겠는가? 오늘도 우리는 삶의 경계면에 온통 화려한 언어적 "수사"를 장식하면서 "빛"이 만든 존재의 역학을 온전하게 다 포획해낼 수 있다고 착각한다. 따라서 생은 이곳과 저곳 사이를 아슬아슬하게 왕래하는 나비 알레고리로 몰락해 인간학 전체를 죽음의 광시곡으로 변주된다. 생이 "겨울의 기울기"로 이울어 시간이 완벽하게 소진된다. 아니 너, 나 그리고 우리는 모든 것이 소멸된 "깜깜한 허공"에 당도하여 삶의 온전한 "방향"을 잃고 소멸의 기록을 "역사"로 남기게 된다. 어쩌면 인간에게 "바다로 가는 길"이나 "섬으로 가는 길"은 하나의 환상인지도 모른다. 왜냐하면 그것 역시 종국에 시간과 함께 휘어져 "도대체 어쩌란 말인가"를 연발하는 인간학적 아포리아에 당도하게 되기 때문이다.

늦여름에서 초가을로 가는 바람의 휑한 언어가,

어제와 내일의 가운데서 미완의 벽을 쌓는 어깨가,

시간의 퍼즐을 하나하나 맞추는 당신의 서툰 문법이,

저무는 저녁을 번역하며 낱말과 낱말을 연결하는 문장이,

수평과 수직, 곡선과 직선의 간격을 조율하는 평행선이,
—「그때, 골목길은 계절을 쓸고 있었다」 부분

약국은 따스한 손, 약국은 그와의 약속, 약국은 우리라는 대명사, 약국은 직사각형 거울, 약국은 스크린, 약국은 과거형 소나기, 약국은 꼬리가 긴 주어, 약국은 허리가 짧은 동사, 약국은 주어와 동사로 연결되는 붉은 문장, 약국은 너의 힘, 너의 짤막한 밀어, 약국은 너의 손가락, 약국은 너의 4B연필, 약국은 너의 명제, 약국은 너의 언어, 약국은 너의 수사, 약국은 너의 결핍,

콘크리트 속 약국은 약국이 아니었다
둥지였다. 너라는 은유, 너라는 문법이었다
—「약국의 파생어들」 부분

"밤의 무게"(『습작』)가 존재의 무게를 짓누를 때, 혹은 존재의 역학 전체가 휨의 작용으로 판명이 날 때, 시인이 말할 수 있는 최적의 언어는 무엇인가? 오늘을 포획할 수 없다. 까닭은 "어제와 내일의 가운데"인 오늘의 중심에 "미완의 벽"이 가로놓여 있기 때문이다. 늘 과정중에 있고 여기에 머물지 못한다. "시간의 퍼즐"을 완벽하게 독해하고자 하나 늘 "서툰 문법"으로 인해 "바람의 휑한 언어"만을 발화시키게 된다. 아니 최해돈 시인에게 이 세계를 "번역"하는 행위는 지나간 오늘을 포획하는 의미의 체계이다. 설령 그것이 "서툰 자의 언어"(『낙하壽下』)로 판명이 나는 경우가 다반사이지만, 시인에게 "낱말과 낱말을 연결하는 문장"은 "휘어져가는 것들"을 포획하는 최적의 장소라 하겠다. 물론 휘어져 사라지는 것들의 존재론적인 역학이 의식 주관이 느끼는 존재의 감각에 따라 너무 상이한 것은 분명하지만, 그것은 "계절의 끝"을 통과해가는 시간의 참된 모습이다. 빠른 듯 아주 천천히 혹은 천천히 통과하는 듯하지만 이내 아주 빠르게 시간이 경과해 인간학과 세계를 휨의 작용으로 그 문장을 완성하게 될지도 모른다.

시선점이 완벽하게 전도 전복된다. 말하자면 최해돈의 『붉은 벽돌』은 부조리로 가득 찬 삶—시간—세계를 "역광"으로 투사하는 존재의 언어이자, 그 모든 사태를 사랑의 문장으로 발화시킨 역작이라 하겠다. 말의 궁극적인 "궤도"를 휨으로 이탈시켰으며 마침내 인간학의 참된 의미를 "시간의 바깥" 쪽으로 이월시키게 된다. 말하자면 "기다림의 안쪽"에 "하루의 주름"이 누적되어 "긍정"의 "의미"를 인간학의 체계로 세우게 되는데, 그것이 바로 시의 파르마콘이 주조한 언어의 묘약이다. 언어가 "오늘의 약국"에 당도하게 되면 사랑의 전언을 발화시키고, 기억이 "어제의 약국"을 회고하면 의식의 심연으로 사라진 "자음과 모음"을 "너와 나의 커다란 교집합"으로 재구성하게 된다. 이를테면 시인에게 "약국"은 다양한 의미의 구성체가 파생 공존하는 말의 공간이자, 시적 상상력이 촉발되는 미지의 공간이다. 모든 것이 가능하고, 또 "결핍"이 간절하게 의식되는 마법의 공간이 바로 시라는 "약국"에 접혀진 의미의 체계이다.

어쩌면 시인에게 약국이라는 호명되는 장소에 말의 변형생성문법, 즉 다양한 시적 구성체가 존재할지도 모른다. 그것은 또 인간학의 심원한 저장고인지도 모른다. 왜냐하면 약국은 말이 호명될 수 있는 아카이브, 즉 미셸 푸코가 『말과 사물』에 말한 일종의 문서고처럼 상상 가능한 그 모든 것들을 충족시키는 "너라는 은유"인 동시에 "너의 수사"적인 언어문법이기 때문이다. 세미오틱과 쌩볼릭 사이를 무한히 내달렸으며 마침내 붉은 벽돌이 "붉은 문장"으로 코드 변환되어, 사물의 "밀어"를 의식될 수 있는 언어로 발화시키게 된다. 그곳에 은밀하게 잠입한 순간, 말의 천국을 만끽하게 된다. 말이 날아다닌다. "허리가 짧은 동사"가 말을 걸고, "우리라는 대명사"와 "명제"에 관한 이론적인 대화를 나누었으며, 마침내 이 세계가 말에 의해 건설된 문장의 제국이라는 사실을 직감하게 된다. 마치 약국이 인간학과 세계를 형성하는 다양한 말들을 "파생"시키는 의미의 공간이듯이, 시인에게 말은 진리와 인간학 사이에 존재하는 다층적인 균열을 봉합하는 유일한 도구임에 틀림없다. '언어는 곧 세계를 지시하는 절대 기호이다.'

내일의 맑음을 기대하는 건 생각이 배부르다는 일. 꿈속에 박혀있는 주름을 보는 일. 주름을 의미로 해독하는 일. 주름의 표정이 다소 붉어지는 일

　―「내일은 파란 밑줄」 부분

모래 속에서 잠자는 자아를 완성하기 위해 계속 몸부림치고 있었던 거지. 어제보다 나은 오늘, 오늘보다 나은 미래의 집을 완성하기 위해 수많은 벽돌을 옮기고, 옮기고, 또 옮기고 있었던 거지. 슬픔 뒤에는 반드시 기쁨이 오고, 어둠 뒤에는 들길이 꼭 열린다는 사실을

　―「미래의 집」 부분

나는 네가 되고 너는 내가 되어 우리는 하나가 되는 듯하였으나,

큰 방을 나와서야 마침내 거리의 개념을 알게 되었다

　―「분리된 거리」 부분

"희망"과 "침묵" 사이의 거리는 어느 만큼인가? 『붉은 벽돌』이 사랑과 슬픔 사이에 기입된 다양한 존재의 문양을 시말화할 때, 그것은 어떤 시간의 조건들을 언어로 고양시킨 것인가? 이 세상에 버려진 약자들에 관한 담론적 사유인가? 아니면 "꿈틀거리는 것의 용기"(「월요일 혹은 월요일」)를 선명하게 부조시킨 가열한 인간의 언어인가? "침묵에서 침묵으로 전달되는 언어의 조각"(「얼굴들」)의 가장 안쪽에서 기입된 "슬픔의 뼈대"(「낙하落下」)가 매

만져진다. 까닭은 이 세계가 "불멸"과 "검은 그림자"(「저녁의 음계는 왼쪽으로 퍼진다」) 사이에서 발화되는 불협화음이지, 결코 희망의 협화음이 아닌 것으로 휘어지기 때문이다. 그렇다면 도대체 어떤 시간을 살아야 하는가? 과연 "내일"이라는 시간에 "파란 밑줄"을 그으며 인간학과 세계 사이에 희망이라는 "맑음"을 펼쳐 보일 수 있는가? 오늘도 "어김없이" 시간은 흘러 "단 하나의 짧은 하루"가 연결되고, 지나가고, 종국에는 "풍경 속으로" 사라져 미망의 표현법을 완수하게 된다.

도대체 휘어지는 것들 속에서 사랑의 벡터는 무엇이고, 희망의 행렬은 어떤 의미를 지시하는가? 무량하게 "내일"이라는 "미래"에 승선하여 오늘과 어제의 "꿈"과 "주름"의 정체가 무엇인지 해독하게 된다. 자기라는 타자 혹은 나와 너 사이에 매개된 인간학적인 물음. "자아"의 완성이 욕구된다. 의식의 침전물들이 "그늘", 즉 가장 "어두운 곳"에 슬픔을 무의식처럼 은폐시키고 있지만, 시인은 그것을 "사랑의 이름으로" 구해내 삶의 일상을 "기쁨"의 표현법으로 고양시키기에 이른다. 마치 "어둠 뒤에는 들길"이 반드시 준비되어 있는 것처럼, 인간학이란 "미래의 집"에 슬픔과 회한의 시간을 흘려보내는 것이 아니라, "뜨거운 사랑"의 전언을 발화시켜 이 세계 전체가 희망의 구성체임을 드러내 보여주는 것이라 하겠다. 나는 너에게, 너는 나에게 삶의 희망이고, 미래의 우리이다.

어쩌면 저 "우리"라는 대명사는 "거리의 개념", 즉 너와 나 사이에 혹은 "저기와 여기의 거리"를 측량하는, "분리된 거리"를 봉합하는 최적의 장소인지도 모른다. 왜냐하면 내가 너를 불러 우리가 된 순간, 이 세계는 이미 사랑으로 공명하는 평화의 공간이겠기 때문이다. 그러나 자본의 21세기는 '우리'라는 저 숭고한 인륜성을 믿지 않을 뿐만 아니라, 분열의 표현법으로 자신의 욕망을 충족시키거나 문장을 완성하는, "간격"만을 생산하는, 이항대립을 자신의 임무로 삼는 그야말로 분열의 세기이다.

경계를 사이에 두고 나는 없고, 너 또한 사라졌으니,

경계는 경계를 낳을 뿐,
흘러감과 멈춤의 긴 호흡은 다만 출렁일 뿐,
―「경계는 아직, 사라지지 않는다」 부분

저녁이 되면 들녘은 접혀 한 줄의 문장으로 기록되는
나의 책장

그것은 내 몸속의 언어였네
나를 흔들어 깨우는 벽의 흐느낌이었네
―「책장 넘기기」 부분

"경계"가 또 다른 경계를 낳아 분열의 극한에 이르는 시대에 시인이라는 시대의 타자가 꿈꾸는 참된 언어의 본질은 무엇인가? 사실이 문제는 시라는 양식의 운명에 관한 회의에 앞서 물어져야할 중차대한 사안이다. 분명 언어가 발화시킨 일련의 사태는 단지 무의미한 말―유희를 발화시킨 것으로 간과되어서는 안 된다. 말은 너무도 중요한 인간학적인 문제를 맞닿아 있는 시대의 진실이다. 특히 시말은 인간의 보편적인 감성을 그대로 드러내 보여주는 시대의 언어일 뿐만 아니라, 심혼의 징후를 판단하는 영혼의 척도이다. 따라서 말은 존재의 감각이다. 그것은 21세기의 서정을 대변하는 존재 그 자체의 언어이다. 그렇다면 최해돈의『붉은 벽돌』에 육화된 시의 표정은 이 세계의 어떤 표정을 드러내 보여준 것인가? 분열을 획책하는 보이지 않는 저항선에 가로막혀 너, 나 그리고 우리는 늘 "이쪽"과 "저쪽", 즉 양자택일의 선택을 강요받게 되거나 이념의 진실에 도달하지 못한다.

그런 의미에서 볼 때, 최해돈의 언어 감각은 단순하게 말을 향유하는 감각의 언어가 아니라, "몸이 마른 최초의 단어"(「최초의 물컵」)를 획득하는 존재의 감각이자, "낮은 곳"에 위치한 "침묵의 언어"(「이면裏面의 저녁」)를 문면으로 포획하는 생의 감각이다. 도대체 경계가 아직 사라지지 않은 "生의 경계"(「빗소리」)면에 위치한 "어둠의 잔뼈"(「간격」)는 무엇이며 그것은 어떤 인간학적 징후를 예고하고 있는가? 너, 나 그리고 우리는 늘 상호균등하지 않은 이항 대립이라는 족쇄에 매여 경계의 바깥으로 탈주하지 못한 채 생을 마감하게 된다. 특히 시「경계는 아직, 사라지지 않았다」는 시간과 공간은 물론 인간학에 관한 총체적인 사태를 "이쪽"과 "저쪽"이라는 상징적인 공간을 통해서 투사하고 있는데, 그것은 이 세계가 펼쳐 보이는 사태들의 총합이다. 다시 말해서 이쪽은 "숲, 관성의 힘, 시멘트, 체온, 언어, 계단" 등등의 구성체로 총체를 이루고, 저쪽은 "어둠, 무늬, 흙집, 그늘, 리듬, 낙서" 등등의 대극의 구성물로 이념을 이룩하게 된다.

그러나 그 대극의 구성물은 정확하게 이항대립적인 이념에 포획된 인간학의 진실을 지시하는 것이 아니라, 이 세계의 다양한 구성체를 삶의 경계면에 위치시킨 일종의 다양체라 하겠다. 따라서 문제의 중심에 이것이 있고, 저것이 있지 않다. 문제는 경계다. 문제는 인간학과 세계의 경계, 이념의 경계, 분열의 경계, 주체와 타자의 경계, 진실과 거짓의 경계…… 등등의 무수한 경계가 너, 나 그리고 우리를 포획하고 있다는 사실이다. 설령 시인의 그것이 찌그러진 경계면에 삶―시간―세계를 위치시키고 있지만, 따라서 인간학이 경계를 생산하는 주체가 아니라, 타자로 전락하는 경우가 비일비재하지만, 그것은 바로 "흘러감과 멈춤의 긴 호흡"이 만든 혹은 "어제와 내일의 손"에 의해 주조된 시간 그 자체의 양력과 부력인지도 모른다. 마치 인간학이 공간과 시간의 타자적인 구성체이듯이, 너, 나 그리고 우리는 더도 덜도 아닌 경계의 생산물일지도 모른다.

물론 이러한 일련의 담론적 징후들, 즉 경계에 대한 존재론적 구성체들도 종국에는 시간이 직조한 다양한 삶의 표현법인데, 그것이 바로 『붉은 벽돌』 전체에 투사된 "내 몸속의 언어"의 정체이다. 존재를 일깨우는 언어, 나, 너 그리고 우리를 포획하는 언어, 분열의 심연을 응시하는 언어, 타자와 주체 사이에서 상상력의 극한을 질주하는 언어, 그것이 바로 금번 상재한 최해돈 시인의 『붉은 벽돌』에 육화된 언어의 본질이다. 특히 시 「책장 넘기기」는 생이 펼쳐내는 존재의 감각을 "기쁨"과 "슬픔"에 응고시키면서, 인간학의 진실을 "한 줄의 문장"으로 육화시키고 있다. 물론 시인의 그것이 인간학과 그 사태에 침전된 참된 "숨결"을 섬세한 손길로 옴쳐낸 것이지만, 그 모든 표현법은 바로 시인 자신에 속한 존재의 감각 그 이상도 이하도 아닌 바로 그것을 육화해낸 것이다. 역으로 그것은 시인의 내밀한 "책장"에 기입된 말의 다양한 진법이자, 점점 흙 쪽으로 귀속해가는 존재의 운명에 관한 서술법이다.

　어쩌면 최해돈 시인에게 언어는 벽이고, 절망이고, 저주받은 천형의 상징인지도 모른다. 왜냐하면 시인이 기록한 한 줄의 문장이 영혼과 심혼을 "흔들어 깨우는 벽의 흐느낌"을 받아 적은 것일 때, 그것은 이미 인간에게 속한 언어가 아닐지도 모르겠기 때문이다. 따라서 시인의 책장에 기록된 그 문장들은 영매의 언어이거나 접신의 상태에서만 발화될 수 있는 일종의 방언이다. 시간이 펼쳐내는 천변만화경을 온몸으로 감득해냈으며, 마침내 그 모든 의미의 체계를 기쁨이나 슬픔의 기호로 육화시킨다. 아니 보다 정확하게 말해서 시인이 그토록 경계에 관하여 설득력 있게 술회했던 소이연도 그의 언어가 영매의 언어였던 때문인지도 모른다.

　섬뜩하다. 벽의 흐느낌을 자신의 몸속의 언어로 읽어내는 시인이여!

최해돈

최해돈 시인은 충북 충주에서 출생하였고, 2010년 『문학과의식』으로 등단했다. 충북문화재단 및 2016년 서울문화재단 문학창작기금을 받았다. 시집으로는 『밤에 온 편지』, 『기다림으로 따스했던 우리는 가고』, 『아침 6시 45분』, 『일요일의 문장들』, 『붉은 벽돌』이 있다. 최해돈 시인의 다섯 번째 시집인 『붉은 벽돌』은 현란한 말의 수사학 너머로 미지의 인간학적 현실을 응고시켜 단순한 말의 향유를 인륜적 삶으로 고양시키고 있다. 문장의 깊이 혹은 무의식의 심연에 가라앉은 사랑과 슬픔의 행로. 최해돈 시인에게 말은 "생사의 그 숭고한 틈"(『전송되는 아스팔트』)에서 생성되는 미지의 기호이자, 반드시 의미의 행간에 위치시켜야만 하는 문장의 정체이다.

이메일 : chdkij68@korea.kr

최해돈 시집

붉은 벽돌

발   행 2016년 6월 30일
지 은 이 최해돈
펴 낸 이 반송림
편집디자인 김지호
펴 낸 곳 도서출판 지혜
          계간시전문지 애지
기획위원 반경환 이형권 황정산
주   소 34624 대전광역시 동구 선화로 203-1 2층 도서출판 지혜 (삼성동)
전   화 042-625-1140
팩   스 042-627-1140
전자우편 ejisarang@hanmail.net
애지카페 cafe.daum.net/ejiliterature

ISBN : 979-11-5728-191-6 03810
값 10,000원

※ 이 책은 서울문화재단 2016년 문학창작집 발간지원사업의 지원을 받아 발간되었습니다.